現代英米児童文学評伝叢書11
谷本誠剛／原　昌／三宅興子／吉田新一 編

Robert Westall

● 三宅興子 ●

KTC中央出版

From *THE EXTRAORDINARY LIFE OF ROBERT WESTALL* by Lindy McKinnel
Copyright ©2004 Northwich & District Heritage Society
Published by permission of The Estate of Robert Westall
in care of Laura Cecil Literary Agency, London
through Tuttle-Mori Agency, Inc., Tokyo

現代英米児童文学評伝叢書 11

目 次

Robert Westall

I　その生涯――人と作品―― …………3
はじめに …………4
1．誕生から小学校入学まで …………5
ウェストールの先祖たち／「牧師館通り7番地」時代／
ボークウェル・グリーン18番地
2．ハイスクールから大学へ …………15
タインマス・ハイスクール時代（1940-1948）／ダラム大学時代／
兵役を終え、ロンドン大学へ
3．美術教師時代 …………23
美術の教師として就職、結婚、息子を持つ／地元の新聞に記事を書く／
『"機関銃要塞"の少年たち』の執筆と出版まで／
『"機関銃要塞"の少年たち』の刊行とその波紋
4．作家と美術教師を両立させた時代 …………32
第2作『風の目』の出版／第3作『見張り小屋』／
第4作『路上の悪魔』――歴史ファンタジー／リアリズムを語った講演／
第5作『水深10メートル』／第6作『かかし』／二つの短編集
5．作家時代 1985-1993 …………52
学校を退職し、作家に／戦時下の記録集の出版／
低学年の読み物と絵本の出版／大人のための短編集／実りのとき
6．晩年のウェストールと死後出版 …………59
『海辺の王国』と遺書のような『弟の戦争』／その死／
死後出版された作品
おわりに …………64

II　作品小論 …………67
1．家族とは何かをあぶりだす装置としての戦争 …………68
――『海辺の王国』と『弟の戦争』を中心に――
はじめに／
戦争児童文学における70年代の意味とロバート・ウェストールの登場／
『海辺の王国』の戦争児童文学としての意味／
『弟の戦争』――テレビのなかの戦争を考える／戦争児童文学と家族を考える
2．ウェストール作品と幽霊 …………86
はじめに／ウェストールの幽霊／サイコ・ホラーの世界、超常現象の世界へ／
短編のなかの幽霊たち／おわりに

III　作品鑑賞 …………95
年譜・参考文献 …………129
索引 …………140
あとがき …………142

I

その生涯
── 人と作品 ──

Robert Westall

はじめに

　ロバート・ウェストールRobert Westall（1929-1993）は、生まれ育った土地であるタインサイドTyneside（イギリスの北、ニューカッスルの東に位置する海沿いの町でノース・シールドNorth Shieldsやタインマス Tynemouth―作中では、ガーマスGarmouth―を含む）とその周辺を舞台とする作品群を残している「地方作家」である。Geordie（北イングランド、タインTyne川流域地方の人）という言葉があるが、ウェストールはまさにGeordieであった。イギリスにおいてもまだ刊行されていない評伝にとりかかるのは、その地方作家が、20世紀後半の子どもの本の世界に、新しい時代を拓いた作家であると考えるからである。

　ウェストールは、1983年の作家紹介で、「好き、嫌いは別として、無視できない作家であることは確かである」「容赦のないリアリズム、激しいことば、イギリスの階級制度に対する強硬な表現に衝撃を受けた人もいる」（Books for Keeps 18, Jan. 83）と述べられているように、絶えず、その作品の衝撃力によって、論議を呼び、評価がわかれてきた作家である。しかし、その後、多くの作品が版を重ねてきている。

　この評伝は、自伝的な作品を参考にしてウェストール自身が1986年に残した「自伝」（*Something about Author: an Autobiographical Series*）をもとに、子ども時代を構成している。また、タインマスへの旅をし、現地で入手した雑誌や新聞の記事などを頼りに、それ以後の作家歴を中心として記述した。

　第二次世界大戦下の空爆体験をもとにした作品が、ウェストールの作家としての出発点であり、自伝的な作品が多いという事実を核として、その生涯を辿ることにする。

1．誕生から小学校入学まで

ウェストールの先祖たち

　ウェストール家は、代々ノーサンバーランドのノース・シールドにあって、曽々祖父ディビット・ウェストールDavid Westall（1788-1873）あたりから、家族の歴史が辿れる。作家と同じ名前を持つ曽祖父ロバート・アトキンソン・ウェストールRobert Atkinson Westall（1819-1907）は、馬車の御者をしており、1860年代には、石炭販売していたという記録が残っている。ウェストールの多くの作品でモデルとなっている祖父ロバート・ダッド・ウェストールRobert Dodds Westall（1876-1945）と祖母サラ・メイスンSarah Mason（1877-19??）は、1897年に結婚し、11人の子どもをもうけたが、ウェストールの父ロバート・アトキンソン・ウェストールRobert Atkinson Westall（1901-1985）のみが生き延びることができた（当時はわからなかったが、祖母がＲｈマイナス型だったのが原因と考えられている）。祖父は、第一世界大戦に従軍し、砲弾ショックによる戦争神経症に苦しんだ。この事実も作品に深く反映している。父は、ノース・シールド・ガス会社North Shields Gasworksの職工の親方をしていた。

　父方に比し、母方については、あまりよくわかっていない。祖父トーマス・ジョージ・レゲットThomas George Leggett（1860-1925）は、手広くやっている事業主で信望の厚いひとだったが、友人の借金の保証人となったため破産し、ノース・シールドに夜逃げ同然で移り住んだ。大工として家族を支えたが、よそ者扱いされ、苦しい生活だったようだ。母は、レゲット家のおそらくは7番目の末っ子であった。若いころは、町の生地屋の店員であったようだ。祖父は、ウェストールの生まれる前

①牧師館通り7番地

に亡くなっているが、祖母エレン・エリザベス・ボイス Ellen Elizabeth Boyce（1859-1945）の方は長命であった。

母マーガレット・アレクサンドラ・レゲット Margaret Alexandra Leggett（1902-1985）と父は、1926年結婚し、長男で一人っ子であるロバート Robert（愛称ボブ Bob、以後作家をボブと略記することがある）は、1929年10月7日に誕生している。

ボブが誕生したのは、タイン河の埠頭にいたるコーチ・レイン Coach Lane より西に入った牧師館通り Vicarage Street 7番地である（写真①）。並んだ狭い入り口があるが、一階と二階には、別々の家族が住んでいた。日本風にいうならば長屋の連なる労働者住宅街である。1934年に、もう少し広いボークウェル・グリーン Balkwell Green 18番地へ引っ越しているが、幼児期の回想の中心は、この家での体験である。近くに親戚縁者が数多く住んでおり、特に近くに住む父方の祖父母との関わりは深く、大勢の大人から大切にされ、愛情豊かな環境で育った。労働者階級に生まれ、その労働者のなかでは、恵まれた状況にあったが、まわりには、より恵まれない労働者たちの家族も多く住んでいたという家族歴が、ウェストールの作品と深く結びついている。

「牧師館通り7番地」時代

　ウェストールは、その自伝を、繰り返し見るふたつの夢の話から始めている。ひとつは、頭からさかさまにゆっくりと暗闇に向かって落ちていくというもので、その暗闇は「気持ちのよい暖かさ」"deliciously warm"に包まれ、至福を感じたという。誕生前の胎児体験といえるのだが、ウェストールは、キリスト教では天国である死へとひとりで向かう喜びに満ちた旅だと解釈しており、そこから、現世においてオポチュニスト（楽観主義者）でいられ、一匹狼であることを好む自分の性格が形成されたと考えていく。二つ目の夢は、家の建物の土台部分に埋められており、光のほうに出ようと必死でもがいている夢だという。この世に生まれでるときの記憶であろうか。

　「自伝」の発表は、50代の半ばすぎであったが、ボブが、このふたつの夢を、主人公が独りで、わけのわからない迷路にいて、そこから出るためにもがいているという点で、現在やっている作家活動と類似しているとしているとしているのは、興味深い。

　生誕後のもっとも古い記憶は、18か月（1931）、卵立てに入れられた卵のような状態で砂浜にすわっていて、波の音を楽しんでいるときに、ビーチボールが頭上を飛び交い、追突されて砂まみれになる情景である。そこから、愛にみちた神さまでも、肝心のときには助けてくれないという感覚を得たことが述べられており、神への原体験となったようである。

　3、4歳ごろの日常については、死後、編集された『僕をつくったもの──ある作家の子ども時代』 The Making of Me: A Writer's Childhood の第4章「島」"The Island"に活写されている。母親が一人で車道にでるのを固く禁じていたので、歩けてもその行動範囲は狭かったのである。車道をいきかう馬車や自転車にのってかけまわる御用聞きの少年たちを眺め、階上

に住んでいて、裏庭を共用しているお気に入りのクック未亡人（表の入り口は別）とその犬と遊ぶのは楽しかった。家を引っ越しするときのクックさんとその犬との別離の悲しみは、短編「世界のすべて」"A Whole World"（同書第7章）にくわしい。

「島」のなかで、歩いていけるもっとも楽しい場所は、父方の祖母（ナナと呼んでいた）を裏庭から訪れることであった。洗濯してぶらさがっているシーツの下をくぐって入った祖母の台所で食べたカスタード・プディングやコンデンスミルク入りココアなどは、母からは得られない美味であった。産後の肥立ちが悪くて病身で、絶えず、出産で死ぬ思いをしたと語り、あれこれ、心配ばかりする母とは全く違う、愛情深くて大地のようにどっしりと強い祖母は、安心感のある大好きな存在であった。その連れ合いである祖父は、第一次世界大戦でかかった戦争神経症のため、やかんのふたが鳴る音におびえたり、悪夢に悩まされたりしている怖い存在であった。しかし、酒を飲むと歌をうたったり、孫にお金をくれるときもあり、祖父への複雑な思いは、『戦争のこだま』Echoes of War 1989 に入っている短編「僕をつくったもの」"The Making of Me"で作品として結実している。作品では、両親が不在のとき預けられる相手のなかで最悪なのが祖父であったが、つい孫を殴ったことを契機に、微妙にその関係がかわる。祖父の大事にしている道具箱のなかのもので遊ぶことをはじめたところから、対話が生まれ、どのがらくたにも、その歴史と物語があるということを知ったのである。後の、骨董品への興味のはじまりでもあった。

母方のレゲット家の祖父は、イングランド東部のノーフォーク州ヨーマスで、建築業を営んでいて、フリーメイソンの会員でありその土地の名士であったが、友人が破産した債務を保証人として背負ったため、破産し、遠くへ逃れてやってきたのが、ノース・シールドである。母は、祖父の「逃亡」時に誕生して

おり、末っ子であった。祖父の頭のよさを思い出しては、母は、お前を教えてほしかったといっていたという。けれども、ボブには宝石のように箱に入れられた祖父の胆石を、伯母から見せられたぞっとする思い出くらいしか語ることがないようである。祖母は、ずっと、未亡人として黒づくめの服装で通し、娘たちの家をかわるがわる訪問していた以外のエピソードは記録されていない。レゲットの名前の使われた唯一の作品は、『ナイトメア』 The Night Mare 1995で、貧しい地域の賃貸住宅に住むビリーBillyと悪童たちが知恵を働かせたいたずらで悪い大人をやっつける痛快な物語である。ビリーが友達に、祖父がお屋敷に住んでいたということを疑われ、そこを訪れて事実であることを証明するという場面が入れられている。

　ウェストールは、自分の作り出す作品には、ウェストール家の「現実的で、世俗的で、コミカルな作風」と、レゲット家の「spookyな（幽霊のでそうな）作風」の二つの傾向があると述べている。

　ぐちっぽく、いつも、子どもの自由を奪う母親よりも、ボブが絶対的な尊敬の念をもっていたのは、父親であった。近くのガス工場で、整備工として働き、そこの労働者に仕事を教え、まとめるような立場にあった父親のことを「油にまみれた魔法使い」Oily Wizardと呼んでいた。父親は、故障したものをきちんと修理したり、戦艦の模型を作ったり、ラジオまで手作りし、その魔法使いぶりを披露した。お話もうまく、絵も上手であった。なかでも、持っていくのをわすれた弁当をガス工場にとどけにいったとき、工場は、まるで、トールキンの『指輪物語』にでてくる暗黒の国モンドールのようであったとか、父を尊敬する油汚れした労働者たちが歓迎してくれたことや、入り口にいる守衛との攻防など、当時の興奮とスリルが伝わる。後に、『クリスマスの幽霊』 The Christmas Ghost 1992という中

篇の物語で、この実話がうまく物語化されている。

　幼児期に、両親がボブを「神童」と思い、その後もそれを信じて疑わなくなった契機となるエピソードがある。それは、いつのまにか、字を読めるようになっていたことである。9か月からことばを話し、文字を覚えたのは、いつの間にかであった。父がマンガを読んでくれるとき、単語をひとつひとつ指で押さえていたのを見て、覚えたようで、自分よりも先を読む息子に気が付いて驚愕し、「神童」「奇蹟の子」と認められるようになった。その評判のため、何かを教えようとすることがなくなり、自由にやらせてもらえたのがよかったと自伝では回顧している。父親はさまざまの作品に姿をあらわし、その影響は多大であった。

ボークウェル・グリーン18番地

　二部屋の狭い住宅から、緑豊かな野原のある土地の五部屋ある一戸建て住宅への引っ越しを、ボブは1934年と記しているが、正確かどうかわからない。ただ、コリングウッド幼児学校に入学する前であったことは確かである。ボブにとって、その世界のすべてであった小さい「島」での幼児期と別れ、学校という組織に属することがはじまったのだ。週末の買い物に出かける短編「フィフティ・ハフティ」"Fifty-fafty" 1989は、おそらく5、6歳ころの記憶に基づいて書かれたと考えられる。少し余裕のできた一家が、もとの居住区域にある通りで一軒、一軒とお店を見て歩く様子が活写されている。においや漂う空気感、色彩や触感など鋭敏な感覚が捉えたスラムに近い周辺の情景が目に浮かぶように描かれている。なかに、その地区に住む祖母から、貧しさから海に出て成功して身元を隠して帰ってきたフィフティ・ハフティが、眠っている間に、お金を奪うためその家の家族に殺されてしまったという話をきく場面が入っ

ている。作品のなかで語られる「おばあちゃんの王国にいると、ぼくは大丈夫」という「小さい王さま」である幼児時代がそろそろ終わりを告げる挿話となっている。父母は、この家で、ずっと、亡くなるまで暮らした。

　イギリスでは、5歳から7歳までをインファント・スクール（小学校前期課程）、7歳から11歳までは、ジュニア・スクール（小学校後期課程）で学ぶ。ボブは、入学した学校での教育があまりに容易であり、特に、画については、誰でも描けると思っていたので、驚きが大きかったようだ。すぐに課題を終えてしまうボブに困った教師は、好きにすることを認めてくれたので、教師の本棚（「自伝」では"My first library"と述べている）から適当な本をみつけ、読んだり、さし絵を写したりして時間を過ごした。ウェストールは、就学前に、興味をもったことをつぶすことなく、自分のやりたいことに寄り添って協力してくれ、自分に対する信頼を育ててくれた父親に感謝しており、学業で初めて挫折を味わう経験をしたのは、物理学の教師に対してで、14歳のときであったと述べている。

　校長からも認められ自由を満喫した3年間の幼児学校から、チャートン・ジュニア・スクールへ転校すると、そこは、地獄、バーネット校長をそこを取り仕切るサタンと感じたのだった。多少誇張されてはいるだろうが、スラム地区の子どもだけにしぼって「ムチ打ち」という罰を科する校長に対する嫌悪の念は強い印象になって残った。優等生であり、その地区からほとんど選ばれることのないグラマー・スクールへの入学ができる奨学生の有力候補であるボブに、その校長がすりより、学級委員の仕事をさせ、特別扱いすることが、耐え難い苦痛を与えた。いつも遅刻をしてきて、校長の標的にされている姉弟が、ムチ打ちされる現場に居合わせたことがある。姉は、私が悪いから弟をぶたないでと哀願しているにもかかわらず、校長は無視し、

ボブは姉に「弟をぶつのは、おかしいと思わないか」と訴えられたとき、自分の考えがいえず、こそこそ立ち去ってしまった卑怯な自分を、以後背負って生きることになる。この出来事が作品に与えた影響を、「自伝」で次のように述べている。

> 僕が書く男の主人公は、すべて、頭のいい反抗者であり、破壊活動者である。女主人公だけは、おかしいことに、僕の本の世界がばらばらにならないよう懸命に努力する。子どもだったときには、女性で頼りになる人物は、すべてすてきで、おまけに、美人であったからだ。55歳になって、「男子トイレ」という「幽霊物語」のなかで、やっと、陰険なやりかたでバーネット校長を殺すことができたのである。
> My heroes are all fairly brilliant rebels and subversives. Only my heroines, oddly enough, make desperate efforts to hold my bookish worlds together; but then, when I was a child, all my female authority figures were rather nice, and usually pretty into the bargain. I finally killed off Mr. Barnett nastily, when I was fifty-five years old, in a ghost-story called *The Boy's Toilet*.（p.316）

「男子トイレ」という短編は、女子のグラマー・スクールが修理のため、廃校になった男子校で授業を受けており、その女生徒たちが、男子トイレで幽霊が出ると騒ぐ設定である。トイレの落書きは、その学校最後の校長の名前であることがわかり、13歳で死亡した男子がいて、その子が死んでなお、校長をのろっていることなどがわかってくる。その男子の怨念は、ウェストールが晴らしたかった思いと重なっている。ただし、トイレの幽霊を突き止めたのは、勇気ある女子であるというのが上

記の自作の分析にぴたりとはまっている。

　1939年になると、戦争の足音が最初にきこえてくるようになった。ボブが10歳になる直前に第二次世界大戦が勃発したあたりからである。その翌年の7月からイギリスが空爆を受け、9月になって、ロンドン大空襲、11月には、ボブの住んでいるタインサイドもドイツ軍の標的になり、1941年5月3日のノース・シールド空爆では、107名の死者を出した。

　1985年に刊行した『空爆下の子どもたち──戦中の子ども時代の記録集』Children of the Blitz: Memories of Wartime Childhood には、編者であるウェストールの記述が多く入っており、戦時下の実態を伝えている。その記録集は、1939年8月26日のことを「平和であった最後の夜」"The Last Night of Peace" としてはじまっている。ガス燈のともるころ、日曜日の一張羅を着て、靴をピカピカに光らせて町に繰り出し、店頭の賑わいを見物しながら歩き、街頭芸や親たちのおしゃべりを楽しみ、ドイツについての話をいろいろ聞く。タバコのカードに入っている爆撃機の絵の間違いを指摘するなど、戦争についての情報をかなりもっており、映画や本で、正義の味方は必ず勝利するといっているので、戦争を望んでいたと記している。

　その次の記録は、その年の9月3日の「戦争の始まった日」"The Day War Broke Out" である。そのころ自宅の庭に防空壕を掘っている。学校が休みになることも多くなるが、することはいろいろあった。父親は昼間ガス工場で働き、夜には、防空監視員Wardenとして活躍した。そのころ、空爆を受けて戦争の怖さを経験しながらも、まだ、「人々は、実に楽しそうにしていた。」"But you could tell they were thoroughly enjoying themselves, really." p.58 と深刻な事態に至っていない様子を記している。

ガスマスクをつける練習や敵機が襲来してくる様子、ラジオの報道など、多くの記録を残しているが、面白いのは食べ物についての記述である。

> 1939年、僕はやせっぽちだった。1941年、僕は巨大な太った象になった。僕を太らせるのが、お国のためだと、母さんは思っていたんだ。
> In 1939, I was a thin child; by 1941, I was an enormous fat elephant. I think my mother saw fattening me up as a patriotic duty. (p.150)

　そのあと、犬も太っていたが、それは、近所のおじさんが海に出るとき、犬を撫ぜると帰還できるという縁起をかついていて、おみやげにいろんなものをもってきてくれたからで、クリスマスには、母さんが犬から取り上げた歯型のついたチョコレートがでたことがある、と続く。

　このころの情報源としては、ラジオ、映画、口コミの外に、週刊誌があった。中でも、1939年9月16日創刊の「週刊：目で見る戦争」誌 *The War Illustrated* (32pp.) は、政治家や軍人の写真を満載し、戦場の地図を附録にしたり、船舶や飛行機、武器など、特にドイツ軍のものを詳細に報じていて、少年たちの愛読誌になっていた。ボブも、熱心に戦争の情報を集め、その知識を空爆体験を通して、実際に確かめていくことが多くなっていく。

2．ハイスクールから大学へ

タインマス・ハイスクール時代（1940-1948）

　成長するにつれ、育った家庭と自分が身につけていく文化の差が大きくなっていく。食事をたくさん摂っていれば安心という母親の信念から、肥満児気味になっていたボブは、11歳で、奨学金を取って、タインマス・ハイスクール（日本の中学校・高校にあたる）に入学する。「自伝」には、その高校を「天の王国」the Kingdom of Heavenと表現しているが、いろいろなことが知りたいという渇望を初めて満たしてくれる場を得た喜びからであろう。

　戦争が盛んになる時代にあって「天の王国」という表現にはアイロニーを感じるが、未知なものに挑戦していくという冒険心が強く働いた充実した時代であり、戦争に夢中になって、毎日が楽しく過ごせた時代でもあった。

　1941年、ノース・シールドの空襲で家を失った祖父母との同居がはじまった。祖父は、パブにいくと閉まるまで帰ってこない、ガラクタとしか見えないものを溜め込んでいるなど、母親のイライラを募らせる存在になったが、ボブは、その祖父から夕方になると歴史の話や戦争体験を聞くのを楽しみ、一番の理解者になった。祖母は自然体でおおらかに祖父の変わったところを受けいれていた。

　ハイスクールに入学したころは、太っており、スポーツでは頭角をあらわせないとさとったボブは、頭のよさで勝負とばかり、学業に邁進するが、ある日、黒板の字が見えないことに気がつく。近視になっていたのだが、それでなくとも太っていることでいじめの対象になりやすい上に、メガネをかけると「四つ目おばけ」といわれる危険が出てくる。当時のメガネは、レ

ンズがまん丸でフレームも不恰好であった。そこで、メガネをかけないと決心して、近視をさとられないよう細心の注意を払って、6年間がんばり通した。

　自転車によって、行動範囲も広くなり、隣町のタインマスの地理にもくわしくなっていった。戦時下の体験と、タイン川が海と合流する海辺の保養地であるタインマスの歴史的建物や史跡、景観は、後に、多くのウェストール作品の背景となっていく。

　「自伝」では、この時代に影響を受けた三人の先生方のことを詳しく語っている。主に、ヤング・アダルト向きの作品を描いてきた作家が、少年から青年期にかけて、自分つくりに深く関わった教師をどう見ていたのか、注目してみたい。

　まずひとり目は、校長でチャーチルのような風貌のジョーゼフ・スメドレイ Joseph Smedley 先生。英国紳士English Gentlemanになるべく指導してくれた先生を語るエピソードを二つあげている。一つは、生物学の教師への反抗からもじゃもじゃの口ひげをはやしたときのこと。自室に呼んで、「僕は好きでないし、学校のためにも、そのひげを剃りませんか」と静かな口調でいわれて、剃ったという話である。もうひとつは、生徒と対等に話をしてくれたことをあげている。自分の第一次世界大戦の体験から、当時の戦争の局面に対して、「人生に大きな期待をもってはいけないよ。卵がかえる前にひよこの数は数えるものでない」"not to expect too much of life; not to come out our chickens before they hatched."（p.317）と警告してくれたことである。その後、先生とは63歳で亡くなられるまで文通をしていたという。自分のなかに、もし、イギリス紳士といえるものがあるとすれば、先生のおかげであり、書くものに、品格a sense of decencyがあるとすれば、それも先生に負っていると感謝している。

ふたり目は、英語のスタン・リデル Stan Liddell 先生。先生は、タインマス国防市民軍兵のキャプテンとして第一作『"機関銃要塞"の少年たち』 The Machine Gunners 1975に登場する人物のモデルである。先生は、ケンブリッジ時代のハンドルの前にかごをつけた黒い色のボロ自転車で通勤し、一見野暮ったい服装をしていたが、革の肘あてをしたスポーツコートをきており、女の問題で失敗したといううわさなども含めて、ボブにとって「かっこいい」存在であった。長じて、服装をまねしてみるが、なかなか、先生ほどにはいかなかったようだ。先生の存在から、人を見るとき、高価な服装や車に乗っている人は、自分の弱さを隠す必要があるからで、むしろ、ボロで奔放な服装をしている人の方を評価するようになったという。影響は、もちろん服装だけでなく、"brilliance" という単語をつかっているが、生徒を論争の場におき、明晰な頭脳と卓越した知的能力をもって、全員を挑発したことである。ボブが先生から得たのは、議論するおもしろさであり、恐れずに人前で話ができるようになったことである。また、先生は、ボブの文才を認めた最初のひとでもあった。もし、ずっと、"honest"（「ごまかしのない」の意か）であったなら本物の作家になれるだろうといってくれたのである。

　三人目のパギー・アンダーソン Puggie Anderson 先生は、リデル先生とは、全く違う地味で目立たない先生であった。主要な科目を担当するのではなく、人のやらない残った科目を埋める役割をしていた。この先生のすごさは、6年次、金曜日の午後の討論のクラスを受け持ってもらったとき、一言も言葉を発しないで、すばらしい授業をしたという点にあった。静かに笑みを浮かべながら聴くだけであるが、やがて、クラスでは、先生が時々小さくうなずくときがあることに気がつく。そして、うなずくのは、先生の意見で是とするというのではなく、議論

がちゃんとした根拠に基づいているとき、論理的であるときであるのがわかってくる。論理と理性による議論が奨励されたのである。声高に叫びあったり、理屈にあわないことをいうと、まるで、「レモンを飲み込んだような」しぶい顔をされたという。

　この時期の少年にとって、紳士の予備軍として対等に扱ってくれ、知的な刺激を与えてくれ、一風変わっているもののそのひとなりにかっこいいと思われる存在として、3人の教師が印象に残ったのである。

　この時期の「自伝」には、11歳で初めて書いた小説のことが記されている。地元から離れた学校に進学したため、チャートン校時代の友だちがいなくなり、暇をもてあました夏休みに『死人湾の謎』 *The Mystery of Dead Man's Bay* という12000語の作品を書いた。ひと夏1作品を書くことが4年間続いた。最後の作品は45000語という長編になり、文章も正確になったものの、戦争映画や家にあったカーボーイ小説から陳腐な決まり文句や荒唐無稽なプロットを借りたものだったようで、「内容はくずだが、作風はすでにできていた」"The matter was rubbish, but the manner was already there."（p.318）という。

　しかし、作家へのきざしは、テニスをするという新しい社交生活によって消えてしまう。ハイスクールでは、「お上品な」poshという言葉で表現しているが、ボブの属する労働者階層とは違った金持ちや中・上流階層の友人とは、家に招待されても、自分の家に来てもらえないので、付き合うことが困難であった。その点、コートでの付き合いですむテニスはもってこいであった。女の子との付き合いができるのも大きい魅力であったようだ。1944年ころには背も伸び、がっちりとした体格になっており、肥満児でなくなっていた。15歳のとき体重80キ

ロ、身長183センチ、胸囲100センチであったと誇らしげに記録している。ラグビーのチームに入ったのは、少々敏捷性に欠けていても、重い体重とタフさを効果的に使えるので、選手として、時に大活躍することもできたからであった。

　1945年には、父方の祖父ロバートと母方の祖母エレン・エリザベスが亡くなっている。

　1946年から数年の間、タインマス・ハイスクール刊行の雑誌 (*The Nor' Easter*) に、作品を掲載している。1946年夏号、1947年春号、1948年夏号には、一ページ大の港の風景を描いたペン画と学校生活に材をとったマンガを出している。美術方面に進むという道が決まったのも肯ける出来栄えである。また、1948年夏号の93行の詩「プロログ」*The Prologue* は、北国に春が来て、人の集まっている旅籠に貧しい芸術家があらわれるという物語を方言を使った擬古文のような文体で語り出しており、長編の物語詩の最初の部分にあたるものであったようだが、続編は掲載されていない。この雑誌には、卒業後も、投稿が続いている。

　1948年の夏休みに実行した自転車の旅は、少年から青年への象徴的な意味をもつものであり、ハイスクール時代の終わりを告げる出来事となった。それは、6年次生の夏休み、廃屋を会議用センターに改築する仕事をクラスあげて手伝うことになったとき、新しくできたガールフレンドにいいところを見せようとみんなの乗るバスを使わず、80キロの道の単独行を試みたことである。6時前に家を出、頭を低くして必死で走り、30キロ地点で時計を見ると、1時間しかたっていない。そこで、余裕が出て、完走を確信する。そのときの気持ちを「全世界が一変した。まるで魔法使いがその杖を一振りしたようだ。これまでで一番美しい朝だった、ひんやりとして日があたっていた。」"The whole world changed, as if a wizard had waved his wand; I realized it was the most beautiful morning, cool and sunlit."（p.319）と表現している。9時前に到着していたのに、効果的にお昼まで待って皆の前にあらわれ、喝采をとった。まさに青春である。

ダラム大学時代

　それから、1か月後の1948年9月、ダラム大学キングズ・カレッジに進学し、美術を専攻した。当時、カレッジは、ニューカッスル・アポン・タインにあったので自宅通学が可能であった。ウェストール家はじまって以来の大学生の誕生である。

　入学したものの大学は、官僚的で「教育工場」のように感じられ、美術の授業もステレオタイプなものばかり、芸術的なひらめきの入る余地がなく、憂鬱な日々となった。ある雨の降る夜、バス停で帰りのバスを待っていたとき、「オタバーン行き」と行き先表示したバスを見かけた。オタバーンは、あの自転車旅行の目的地であったので、家に帰ると、何かに憑かれたように、3時間で短編の作品を完成させた。母校の機関誌に投稿し掲載された「オタバーンへの三本の道」Three Roads to Otterburn（The Nor' Easter vol.VI No.5 Spring 1949）である。3部構成になっており、詩のようなリズムのある文章で綴られている。I部では、自転車で夜明け前に出発した初めての遠出の高揚感が語られている。古い世界を出て新しい世界をめざす感じがよく出ている。

> 静寂のなかに、露にぬれた湿った道にふれるタイヤと心地よいギアの音。小鳥がいる、人の世界に、この世界に。道と僕だけ、道と僕は、オタバーンへとむかっている。
> Silence, with only the kiss of tyres on the dew-damp road and the friendly whirr of the gear. The birds belonged

to the world of men, to this world, only the road and I, the road and I going to Otterburn.（p.38-40）

　Ⅱ部では、一転して、雨の町で見たバスの表示のオタバーンは、「なくした夢をむなしく追うだけ」"The vain persuit of a lost dream,"になっている。Ⅲ部では、頭上に星を仰ぎながら静まり返った雪道を進むと、どこからともなく声が聞こえてきて、風で前が見えないのに大丈夫だとわかり、大きなホールに着くことができ、なかから聖歌が流れ出て迎えてくれる。同じオタバーンへの道でありながら、歓喜、落胆、平安と全く違うイメージを出している。この作品を読んだリデル先生は、「作家になれるよ、自分のしっていることを正直に書き続ければな」"You'll make a writer――if you go on writing honestly about what you *know*."（p.319）と、初めてボブの作家としての才能を認めるコメントをしてくれる。ボブは、honestlyの意味を生涯考え続けた。

　大学生活は、おもしろくなかった。教授たちは、学生に不適格などのひどい言葉を投げ、「一本の線がひどいといって警告なしに追い出す」"They threw people out without warning, if one line was put wrong."「頭をだらりと下げてすごし、毎夜、どす黒い怒りをもって家路についた」"I just kept my head down dully, and went home every night in black rage," と記している。しかし、批判をもちながらも学業はよくこなしたらしく、1953年に首席で卒業し、学位を取得している。そして、イギリスの代表的な彫刻家ヘンリー・ムアHenry Moore（1898-1986）の推薦によって、ロンドン大学スレード校の彫刻専攻の学生を対象とした2年間の奨学金を得ることとなった。このニュースを7月7日付の地元紙は、美術界への明るい未来を約束するものと報じた。

兵役を終え、ロンドン大学へ

　しかし、当時のイギリスには、徴兵制度があり、若者には2年間の兵役の義務があったため、通信部隊に入り、スエズ運河地帯に駐屯した。それを終えてからスレード校に入学している。「自伝」によると、毎日、石材と石膏を使って、「おかしなかたち」"funny shapes" を彫刻するのに没頭していたようだ。1956年のことである。ロシアのハンガリー侵攻、イスラエルのエジプト侵攻などの問題が激化し、大学でも議論が盛んになっていた。ボブはポルトガル人の彫刻家に誘われ、ハンガリー侵攻に抗議するために、ロシア大使館への平和的なデモ行進に参加した。一万人もの学生が整然とデモをしていたのだが、誰かが「ロシア大使館へ行こう」と叫んだのをきっかけに走りだし、暴徒のようになってしまい警官隊と衝突する。「自伝」のなかでは、その過程が詳述されている。その夜、眠れぬまま、体験記を書き、地元紙の「ニューカッスル・ジャーナル」*The Newcastle Journal*に投稿したところ全文が採用され、初めての原稿料3ギニーが小切手で送られてくるというおまけまでついた。彫刻と向かう日々のなかでの特記事項であった。

　1957年、スレード校でPG（大学研究科の学位）を取得している。5月5日付の地元紙によると、ニューカッスルの人民劇場People's Theatreで、初の個展を開催している。出品作は、15点のスケッチとリトグラフと報じられており、理由はわからないが彫刻は出品されていない。

3．美術教師時代

美術の教師として就職、結婚、息子を持つ

　美術の学位を得て、美術教師としての就職先を探した結果、最初に赴任したのは、バーニンガムにあったアーディントン・ホール・セカンダリー・モダーン・スクールErdington Hall Secondary Modern Schoolである。このころ、ジーン・アンダーヒルJean Underhillと知り合い、1958年7月26日に結婚している。

　その秋、ヨークシャにあるキースリー男子グラマー・スクールKeighley Boys' Grammar Schoolに転職している。1960年5月ジーンが男の子を出産し、クリストファーと名づけた。クリストファーが生後3か月のとき、また、転職をした。チェシャー州ノースウィッチにあるサー・ジョン・ディーンズ・グラマー・スクールSir John Deane's Grammar Schoolという1557年創立の歴史ある進学校の美術主任のポストが空いたのだった。この学校には、以後、25年間勤務することになる。

地元の新聞に記事を書く

　ある転機がきたのは、1963年のことである。ノースウィッチの公共図書館で開かれた展覧会を見にいったボブは、展示している絵がすばらしかったので、地元の新聞社にその画家について報道するように申し出た。このことがきっかけで、定期的に、記事を書くようになった。新聞社に美術の専門家がいなかったので、それ以後も地元の建築について、新しく加わった骨董への興味から、骨董についてなど、書くのが楽しかった。500語で抽象画について一般読者にわかるように書く技術も習得した。ボブはどちらかというと饒舌であふれるように書くタイプなの

で、新聞記事によって簡潔に書くコツを教えてくれたジョフ・ムア Geoff Moore に感謝している。書く場は広がり、全国紙や雑誌にも執筆するようになり、ジャーナリストとして「きびきびと、おもしろく、楽しんでもらえるように」"crisply, interestingly, even amusingly." プロ並みに書けるようになっていった。

また、1965年6月4日付の地方紙に、妻ジーンとブラナー図書館で展覧会をしたという短い記事が出ている。ノース・シールドの海岸風景を描いたパステル画で、ハイスクール時代と同じようなタグボートや漁船を描いたものであったという。他に、書かれた記録が皆無のジーンの作品についての言及があり、「主に布のコラージュで、非常に興味深く、色彩と想像力豊かなデザインが効果的に結合した作品です。」"mainly fabric collages, which are very interesting and display an effective combination of colour and imaginative design." とある。

『"機関銃要塞"の少年たち』の執筆と出版まで

文章を書くことを楽しむようになったとはいえ、物語を作ろうという思いはなかった。それは、息子クリストファーの12歳の誕生日ころに、ふいにやってきた。クリスがギャング・エイジに入り、友人と秘密基地をつくっており、その屋根が水漏れしたため、建物の記事を発表していたボブに相談したことがきっかけであった。秘密基地に初めて入ったときの様子は決して忘れないだろうと次のように記している。

> 木の上に見張りがいて、遠くから監視されていた。見張りは密集したやぶに走りこんでいった。かしらが二人のやりもちを従えて姿をあらわし、うまく隠されている基地へと伴われていった。人質と訪問大使とがまざったような感じ

だった。

I was spotted far-off by a scout up a tree, who went racing off into the dense undergrowth. The chief appeared with two spear carriers, and I was escorted up to the well-hidden camp, feeling like a mixture between a hostage and a visiting ambassador. (p.322)

幸い水漏れの原因をすぐに突き止めることが出来、以後、名誉会員になって、息子からその集団（「部族」tribeと呼んでいた）の少年のことや掟などの話をきくことができた。このことが契機となって、「息子と子ども時代を共有」"to share childhoods with my son"したいと願うようになった。

すると、ふいに、12歳のときのすべての時間が記憶のうねりとなって戻ってきた。におい、恐怖、食べたもの……完璧な思い出が。
And then suddenly, the whole time that I was twelve came back to me in one great surge of memory. The smells, the fears, what we are ate . . . total recall. (p.322)

そして、息子に読んでもらうために書いたのが、第一作『"機関銃要塞"の少年たち』*The Machine-Gunners*, 1975となった作品である。書いたものを日曜日のお茶の時間に聞いてもらったが、「息子は非常に残酷な批評家だった。少しでも退屈すると傍らの雑誌を取って読み始めるのだった。」"He was the most savage of critics──if a part bored him he'd pick up a magazine and start reading that instead." (p.323) という。息子が第一読者であり、そのひとりの読者を満足させようと手を入れたことが、緊張感のあるスピーディな文体と展開に

つながった。一章ずつが10ページ程度と短く、効果的な場面を用意している。当初は全く出版のことは頭になく、2年間引き出しに入れたままになっていたという。その後のことは、同じことを繰り返しているだけと述べて、「自伝」は終わっている。

　原稿を読んだ友人のすすめで出版社に送り、2社目のマクミランへ編集長に会いにいった記録が残されている（*The Making of Me: A Writer's Childhood*, p.187-196）。まるで歯医者にいくときのようだった、なぜか編集者というものは必ず10分間は待たせる、オフィスはまるでボーイング747のコックピットのように狭かったが、文芸の中心地にいった感じがする、などと最初の訪問の感想を書き付けている。待っていたのは、児童書部門の編集長マーニ・ホジキン Marni Hodgkin とその助手ダイ・デニー Di Denney だった。ボブは、自分の作品について納得いくまでとことん話し合い、削るべきところを指摘してくれるマーニに信頼をおくようになる。

> マーニは、44歳にもなっている男を荒々しい激しい若者に感じさせてくれるこのうえないひとだった。それはまるで強い酒のようだった。彼女をおもしろがらせたい、自分の想像力を飛翔させて、驚愕させたかった。（中略）マーニはそうしたアイデアを軽くならして出版可能な形に整えてくれたものだ。
>
> She was the last person who ever made me feel a wild impetuous young man and, at forty-four, that was like strong drink. I had this need to amaze her, even stupefy her with my flights of fancy; . . . she would begin gently patting the ideas into publishable shape.
>
> 　　　　　　　　　　　　　　　　　　（同上 p.189 ）

最初の編集者によって、鍛えられ、鼓舞されて、作家への道に踏み出していくさまが、よく読みとれる文章である。マーニは、1978年6月にマクミランを去っている。ダイの記事（*Macmillan News*, August 1978 p.2）によると、マーニ・ホジキンは、1966年から1978年まで12年間マクミランにあって「在庫リスト」に残るルイス・キャロルやキプリング、イニッド・ブライトンの本の編集、新しいところでグレアム・オオクリー、ジョン・グッドウエル、チャールズ・コウズリー、ダイアナ・ウイン・ジョーンズなどの編集者として高い評価を得ており、尊敬をあつめていたようだ。

　第1作がカーネギー・メダルを受賞したことで、作家としてはずみがつき以後、短編は、思いついたときに教える合間を縫って書き、長編はまとめて、長い夏休みを使って、ほぼ一年に一本のペースで発表していく。

　55歳で早期退職するまで、10年にわたって美術教師と作家の二足のわらじをはき続けた。

『"機関銃要塞"の少年たち』の刊行とその波紋

　『"機関銃要塞"の少年たち』の物語のあらすじをここで辿っておく。ドイツ軍による空襲が激しくなったイギリス北部、ニューカッスル近くのガースマスで暮らす少年チャスの「日常」を描いた作品で、防空壕で空襲警報解除のサイレンがなる場面からはじまってい

②「機関銃要塞の少年たち」初版表紙

る。空き地に墜落したドイツ軍の飛行機から、機関銃を盗み出し、少年たち（少女が一人仲間にいる）だけで、いじめられっ子の屋敷に秘密の要塞をつくる物語で、そこに、飛行機の故障のため落下傘で下りてきたドイツ兵が迷い込み、奇妙な共同生活が始まる。秘密の要塞であるため、敵であるはずのドイツ兵とは、日々、心の交流が生まれるのに反し、親や大人社会との軋轢は増してくる。「ナチスが侵攻する」といううわさが流れ、ドイツ兵をボートで逃がす計画をたてるが、それは、事実でなく単なる流言蜚語であったため、ドイツ兵が撃たれるという悲劇的な結末を迎える。少年たちは、何がおこっていたか全くわかっていない大人たちに子ども扱いされながら、それぞれに散っていく。

　ある特定の地域の物語であり、12、13歳の少年の生活やものの考え方、親や教師などの大人社会との対立などの要素は、以後、作家として活動するウェストールの原点ともいえるものである。

　1975年に出版された『"機関銃要塞"の少年たち』には、「本書に登場する母と父であった母と父にささげる」"To my mother and father who were the mother and father of the book"という献辞が入っている。作中で要塞を築くプロットは、息子の秘密基地を訪れた体験がもとになっている創作であるが、作品の舞台となっているガースマスはタインマスであるし、父母、祖父母は口癖から性格まで実在の父母、祖父母である。父は、ガス工場を空襲の被害から守るために働き、それが終わると警防団員として、町の人々に戦争状況を伝え、避難などの手助けをして、24時間奮闘するためくたくたになっていくさまが活写されている。

　子どもが成長し、ウソをついても、親を乗り越えていく場面は、自分の息子がその年齢にあることもあって印象に残る。

父はどこの親よりも、子どもの気持ちをわかってくれた。
His father understood how kids really felt about things; more than most.（*The Machine-Gunners*, p.96）
（略）疲れて無力な中年男に見えた。父ちゃんはもう神さまではなくなっていた。チャスは、自分を奮い立たせてウソをついた。
. . . saw a weary, helpless middle-aged man. Dad wasn't any kind of God any more. Chas screwed himself up to lie.（同上 p.97）

　また、地域の国防市民軍の最高責任者は、尊敬するリデル先生をモデルにしており、空襲を受けて同居することになった祖母と母との確執や祖父のやかんのふたの音が機関銃に聞こえておびえるさまなど、実体験をふまえたものである。
　作中で、主人公チャスChasと少年たちが競い合う爆弾や飛行機の破片のコレクション、飛行機の機種を知る早見表、機関銃など武器の図面や情報などは、戦時下の迫真性をかもし出す重要な要素であり、「もの」への執着は、作品の特徴のひとつである。
　『"機関銃要塞"の少年たち』は、その年に出版されたもっともすぐれた作品に与えられるカーネギー賞を受賞したこともあって、ウェストールは一躍脚光をあびる。しかし、ニーナ・ボーデンNina Bawdenの傑作『ペパーミント・ピッグのジョニー』*The Peppermint Pig*と同じ年の出版だったため、なぜ、『"機関銃要塞"の少年たち』なのかで論議を生んだ。当時のイギリス児童文学界では、「常識はずれ」の下品な言葉と暴力シーンが満載されており、プロットも信じがたい展開をみせるので、迫真性がないというのである。この３つの批判は、以後も

ウェストール作品に批判的な論には、繰り返し出される論点であった。

当時、児童図書館員が連名で、この作品の受賞に反対した手紙を公開し、それに、反論したウェストールの返答があるので、ここで要約して、紹介しておこう（*Children' Literature Review,* vol.13, 1987）。

・下品な言葉について

口汚い表現は、11歳ころがピークで、登場人物が思春期の男の子であることの証しである。

・暴力について

思春期の多くの子どもが興味をもっているのが暴力である。クラスでディベートをすると、男子生徒は殺す、撃つ、焼くなどの暴力に強い興味をもっていることがわかる。従って、暴力について話すことが必要で、『"機関銃要塞"の少年たち』ではドイツ兵に託して平和的な方向性を示唆しているつもりである。

・ありそうもないプロットについて

第二次世界大戦で実際にあった出来事を体験者に聞くとよい。『"機関銃要塞"の少年たち』など、牧師館のお茶の会みたいなものだ。

作家として、その年齢、その時代の真実を伝えるということが使命だと考えているのである。たとえば、いじめっ子とのケンカでチャスがガスマスクのケースで殴りかかり、長年にわたるうっぷんを晴らす場面がある。仲間が止めに入り、相手を病院に運ぶと、看護婦から、「大英帝国の男の子はゲンコツでけんかをするもの」"British boys fight with their fists!" だとさとされ、「チャスは犯罪人のように感じた」"Chas felt like a criminal."（p.68）。父親からも同じことをいわれている。さまざまの役割や立場から暴力の問題を描こうとしているのである。

また、今の時点でどんなに差別だといわれようと、過去の歴

史を変えてはいけないという信念も強固にもっていた。

1970年代の良識派であったであろうと思われる図書館員たちが、暴力的な場面が多いと理由で作品を拒否することを、ボブは承服できなかった。戦争という巨大な暴力のなかに、少年たちの暴力的な行為があるという問題を提出していたのである。

ボブの回答のなかに、次のように述べている箇所がある。

> もし、この作品のなかに作者の代弁者がいるとすれば、それは戦争にうんざりしている飛行射撃手のルディで、よき兵士シュバイクと同様軍国主義者です。主人公チャスは暴力を使った結果として、親友、仲間、価値ある財産（機関銃）、よい世評をなくしています。すべてをなくしたのです。
>
> If I have a voice in the book, it is that of the war-weary air-gunner Rudi, who is about as militaristic as the good soldier Schweik. The hero of the book, Chas, as a result of using violence loses his best friend, his gang, his most precious possession（the machine-gun）and his good name. Was there anything else *for* him to lose?

12歳であった自分を息子に語るという営為には、30年という歳月のフィルターがかかっている。戦争に夢中になっていたのは、思春期の男子があこがれる暴力にあふれていたからであり、育った家庭から独立して秘密を持つ時期であるということをよく理解していた。実録ではなくフィクションである意味は、作者の声であるルディを作中に取り込むことにあり、その装置によって、巨大すぎてみえない戦争が、ひとつの家庭、仲間、学校、地域、国、敵国との多層で繋がっていることを見せることができた。ボブが自分は平和主義者であるという理由である。

4．作家と美術教師を両立させた時代

第2作『風の目』の出版

　ボブは書き出すとあふれるように、短時間で多くの文章が書ける作家である。アンケートで自分の特徴を聞かれ、「一度すわると4000語は書ける」"Can write 4000 words at one sitting."（Authorbank Questionaire）と答えている。それだけに、マクミラン社の編集者が、読んでくれて、饒舌すぎるところや、不要な箇所をひとつひとつ指摘してくれ、話し合って削るという作業をしたのは貴重であった。新聞や雑誌記事の経験で、短く効果的に文章を練ることはできたが、字数制限がないものは、長くなりがちで、推敲が必要であった。（以下、作品の書誌については、巻末の著作目録を参照のこと）

　第2作となった『風の目』*The Wind Eye*, 1976 のことを、「マーニと一緒にやると、すっかりくつろいで、思いっきりはめをはずすことができる。（中略）次に書いた『風の目』は、マーニのために書いた」"With her I felt completely safe and totally let myself go. . . , then *The Wind Eye* was written for Marni."（*The Making for Me: A Writer's Childhood*, p. 189）といっており、前述のアンケートで、「お気に入りの作品は？」と聞かれて、この作品をあげている。前作とは全く違って、土地の伝説を踏まえたタイム・ファンタジーの要素を含んだ物語で、ばらばらな家族の再生の物語でもある。

　『風の目』では、科学的合理的な思考のバートランド Bertrand と奔放で直情的なその妻マドレイン Madeleine は、どちらも再婚で、あまりうまくいっていない。前者の娘ベス Beth とサリー Sally、後者の息子マイク Michael とともに、一家5人は、叔父の遺産である北海に面したファーン諸島を望む

コテジにホリデーにでかけるという枠組みの物語である。ダラムDurhamの大聖堂で聖カスバート（7世紀の伝道師、イギリスにキリスト教を伝えた）のお墓の前で悪態をつく義母に、ベスは嫌悪を感じている。その夜、コテジでサリーが悲鳴をあげる。「くぼんだ目をもつ顔が三人をじっとみていた。」"A hollow-eyed face peered down at them."（p.30）のだった。それは、部屋にかけられていたジュゴンの化石であることが判明するのだが、この夜から、次々と奇妙なことが起こり、サリーが行方不明になる。ベスとマイクは小屋で見つけたボートに乗るとバイキングの時代に連れて行かれ、島でサリーを見つける。サリーは、10日間男の人と暮らしたといい、動かなかった子が動くようになっている。ベスとマイクは、ボートにまかせてもう一度ファーン島にいく。父親も異時間に入って島に辿り着き、伝説で知っていたカスバートとバイキングの争いは、カスバートが正しかったことを認める。不思議なボートは漂い、夜、コテジの見える浜に戻ってくる。

　バラバラになっていた家族が、宗教的な体験を通して、自分が何なのかを知るようになるこの物語は、特に、理屈屋の父が娘のヒーリングを認めることで、コテジに住んで、奇跡の証拠を集めたいと決心することでめでたく結末を迎えることができた。

　この作品には、ウェストールが生涯追及してやまなかった現代の家族のあやうさとそこからの脱却のテーマがくっきりと描かれていることに注目したい。聖カスバートが住んでいたホーリー・アイランドは、晩年の作品『海辺の王国』で、全く違った意味をもってあらわれる。既成のキリスト教には、幼児のころから懐疑的であったウェストールであるが、善き人々が信じ、残してきた事績には、敬意を払い、祈りをささげてきている。作品のあちこちで、キリストに話しかけ、その声を懸命に聞こ

うとする登場人物を描いているのは、宗教に対する彼のバランス感覚があらわれていると考えられる。

また、異なる時間を行き来することで、現在が見えてくるという手法も、短編作品ではよく使われ、効果をあげている。

物語の結末に、作品の背景についてふれた「著者覚書」があり、作品の総括のような一文が最後についている。

> 真実と信仰と伝説の関係は、余すことなく探求されたとはいえない。宗教がすぎると欺瞞に陥りがちとなるが、逆に無神論がすぎると、見えるものも見えなくなる。
> The relationship between truth, belief and legend has never been thoroughly explored. Too much faith certainly leads to gullibility; but perhaps too much scepticism leads to undue blindness.（p.212）

第3作『見張り小屋』

第3作『見張り小屋』 *The Watch House*, 1977は、カバーの絵に、浮き上がるようにガイコツが描かれ、spooky（幽霊のでそうな）な雰囲気をだしている。前作が、現在から過去への移動だとすると、幽霊物語は、過去が現在にやってくる物語である。献辞は、「クリスに」とあるので、第一読者は、息子であっただろう。なぜ、幽霊なのかという点については、別項（作品小論）で扱うので、ここでは作者が使う手法として幽霊は、以後の作品で大きい役割をはたしていくと述べるにとどめる。

「見張り小屋」は、実在の建物で、現在は、タインマス・ボランティア人命救助活動隊・見張り小屋博物館 Tynemouth Volunteer Life Brigade Watch House Museum という博物館になっている（写真③）。作品を書くにあたってウェストールは

③タインマス・ボランティア人命救助活動隊・見張り小屋博物館

ここへ取材に訪れている。博物館で配布しているリーフレットによると、1864年11月2日に起こった蒸気船とスクーナー船の衝突事故によって双方で30人もの人命が失われたことを契機に、その年の暮れに、訓練したボランティアを組織して、沿岸救助隊に協力するようになったということである。タインマスの入り江のあたりは、海底に黒肥溜め岩the Black Midden Rocksという難所があり、嵐のとき、タイン川に避難しようとしてぶつかるケースが多いのである。博物館には、難破船の遺留品や海底から出てきたものなど多くの展示物があり、それぞれに、過去の出来事を伝えている。

　作品『見張り小屋』の第一章は、主人公アンAnneがその母親に連れられ、タインマスの見張り小屋のコテジに住む子どものときの乳母プリューディPrudieに預けられる場面から始まる。読者は、アンとともに見張り小屋周辺の様子を知り、ひとりで知らないところに投げ出されたアンの不安を共有していく。見張り小屋を管理しているプリューディのつれあいアーサーArthurに博物館の手伝いを申し出て展示物のほこりを払うあたりから、超常現象と出会う。難破して亡くなった「昔のやつ」Old Feller（アーサーの弁）が救いを求めているのだ。アンは、歴史を調べ、墓石を読んで幽霊のことを知っていく。ガイコツの主もわかり、最後の場面でアンは、桟橋に出てきた幽霊に、殺人事件は解決して、お前は自由になったと告げる。

　幽霊の問題を解決する過程で、同じ年頃の友人もでき、アン

の心理的な葛藤と幽霊の100年以上も解けない疑問が同調し、怖い話なのだが、謎があって、読み進みたくなる。
　書評では、キャラクターが一面的である、プロットがご都合主義だ、など、あまり高い評価は得られなかった（Peter Hunt: T. L. S. Dec. 2, 1977 など）が、その理由は、どうしても第一作の完成度と比較されてしまうという点にある。
　第3作で、もう一つ指摘しておきたいのは、わかりやすい比喩が多用されている点である。前2作にも比喩は効果的に使われていたがここでは、第3作の2つの章（第7、8章）から取り出して、その特徴をまとめてみる。特に、すぐれた比喩を選んでとりだしたのではなく、至る所で多用している例示として挙げている。

　・The rain had gouged great slimy gullies out of it; a whole network of gullies, like the Mississippi Delta.（p.63）
　崖に、雨が作った溝が出来て網状になっている様子を、まるで、ミシシッピ河の三角州だと喩えている。〔誇張〕
　・Shoring up this cliff wi' planks is like feeding an elephant strawberries.（p.64）
　崖を厚板で支えるのは、象のえさにイチゴをあげるようだといっている。〔対比〕
　・The bow-wave began eating the lace away like a man eating a sandwich.（p.67）
　船首波がきて岩にくだけていたレースのような白波が消えていくさまを、男がサンドイッチにかぶりつくようだと表現している。〔対比〕
　・The atomic explosion looked like a wilting pink lettuce.（p.72）

教会に貼ってあった手作りポスターの絵についてのコメントなのだが、原子爆弾の爆発を、まるでしおれた桃色のレタスみたいといっている。〔皮肉、価値の転倒〕
・Seven brands of cans were arrayed in ranks, like the British Army before Waterloo.（p.73）
　7本の缶が、まるで、ワーテルローの戦いの前のイギリス軍のように並んでいる。〔誇張、価値の転倒〕
・One bony wrist reached out and unplugged the record-player, which died with a squawk like a strangled chicken.（p.74-75）
　レコード・プレイヤーのプラグを抜いたとき、まるで、ニワトリの首をしめたときのようなグワッという音をたてて止まった。〔グロテスク〕

　この6例すべてが、「〜のような」likeという喩えるものと喩えられるものを直接比較して示す直喩法である。比喩のなかでは、もっとも単純な用法であるので、非常にわかりやすい。
　いずれも、ある効果をねらって使われており、おかしみのあるものも多く、緊張した場面を緩めたりする場合にも使われる。イチゴを食べる象の姿を思い浮かべるのは容易で、サンドイッチ、レタス、ニワトリなど身近な材料を意識的に使うことによって読者は、具体的なイメージを持つことができる。愛読者になると、ゲームのように比喩を見つける楽しみが加わり、ジュース缶の列を軍艦が勢ぞろいしている情景と対比することで、大きいもの、価値あるものをひっくり返すおもしろさが生じる。プロットを追う楽しみとは違った楽しみを味わうことができるのである。

第4作『路上の悪魔』――歴史ファンタジー

　1978年に第4作『路上の悪魔』*The Devil on the Road*が刊行されている。第一読者であるクリスの年齢があがるにつれて、作品の主人公の年齢もあがり、この作の主人公は、大学生のジョン・ウエブスターJohn Websterである。巻末の「著者覚書」では、リチャード・ディーコンRichard Deaconの魔女狩りで有名なマシュー・ホプキンズMatthew Hopkinsについての評伝が参考になったことと、息子に対してオートバイ乗りに関して、惜しみのない技術的なアドバイスを得たことに謝意を表している。その日付は、78年2月24日である。

　日付に注目したのは、同じ年の夏休みに、ひとり息子のクリストファーがバイクによる事故で亡くなったからである。享年18歳であった。ボブとジーンに与えたショックは大きく、特に、ジーンは、以後、体調を崩し、精神的にも病んで、病院への入退院を繰り返し、一生、回復することはなかった。ジーンは、1990年に自死している。

　『路上の悪魔』は、主人公がオートバイに跨って旅にでるところからはじまり、途中、嵐にあい、納屋で雨宿りをしたが、ヘルメットがこわれ、バイクも動かなくなり、そこに泊まることになる。その納屋は、17世紀の建物で、過去への入り口にもなっている場所だった。その農園ではたらきながら、時間を自由に行き来するネコの導きで、17世紀の魔女狩りの時代にタイム・スリップする。おかしな出来事が続くので、逃げ出そうとするが、嵐がきてバイクが動かない。魔女ジョハンナJohannaの企みだったのだ。クライマックスは、彼女を助けるためにショット・ガンをもって、過去に乗り込む場面である。気がつくとジョハンナだけがそばにいる。ホプキンズが死んだという。眠りから覚めると、出立する日がきたということがわかる。女は、百年に一度、この世に男を求めてあらわれるらしい。

イギリスでは、郷土史の研究が盛んなので、ある地点に立って、過去を再現する資料に事欠かない。古い建物は、目に見える歴史であり、その時代への扉を開いてくれる。他から切り離された若者を旅に出して、300年前の時代に入り込ませるという手法によって、『路上の悪魔』は少年期から青年期への移行を劇的に浮かび上がらせることに成功している。
　また、多くのキャラクターが登場する中でメスネコのニュースNewsについて、触れておきたい。その名の由来でもあるが、いろいろのことを伝えてくれ、現在と過去をつなぐ役割で登場するのだが、ネコらしい動物としての属性をもちながら、時を越えた存在としてのリアリティーももっているネコとして描かれている。ボブは、後年、ネコを主人公とした多くの物語をものにするほどのネコ好きであり、この作品はネコの魅力と、作品のなかではたす可能性を豊かに表現した最初の作品である。

リアリズムを語った講演

　ボブは、同年の10月7日に、青少年図書館グループの年次総会で、「リアリズムにどこまでリアルであることを望むのか」"How Real Do You Want Your Realism?"（Signal no.28に再録）という題で講演をしている。『"機関銃要塞"の少年たち』以後、児童文学におけるリアリズムへの質問が多く寄せられていることへの回答である。冒頭、『"機関銃要塞"の少年たち』以後の3作すべてがファンタジーであるのに……とぼやきながら具体的に他の作家の作品を例示しながら、率直に自身のリアリズム論を展開している。まず、大人である著者とその大人のなかにいる内なる子どもとの関係を整理していく。子ども読者は、なつかしさから大人の笑いを引き出すような子ども像を嫌う。大人と内なる子どもが時間の差で分離するのではなく、著者と子どもが一体になっている作品が児童文学であると述べ

ている。

　アラン・ガーナー Alan Garner の『ブリジンガメンの魔法の宝石』 The Weirdstone of Brisingamen の出だしに、ハメルンの笛吹きのようなメントル mentor が現れ、子どもたちは、そのあとについていくのは、なぜかという発問を出している。不思議な旅をするのは、子どもの深層心理と深く結びついていることや、死に対する興味の高さ、排泄や身体への関心など、子どものリアリティーを語る上でこれまでの児童文学があいまいにしてきた点を指摘していく。子どもの本では、関係ないように考えられてきた階級と政治の面でも、それらを免れているものがないことをやんわりと皮肉っている。最後に、ジル・ペイトン・ウォルシュ Jill Paton Walsh の『皇帝の経かたびら』 The Emperor's Winding-sheet をあげて、リアリズムが何層にもかさなっていることを指摘している。読み手によって異なって論じられる作品なのである。

　ボブが苦心してきたのは、大人として都合の悪いことを隠したりせず、真実を語ることで、それを、どうおもしろい読み物に仕上げるかであった。

第5作『水深10メートル』

　そして、第5作では、リアリズムの物語に帰ってくる。『水深10メートル』 Fathom Five, 1979 である。この作品は、イギリス版の初版では、主人公の名前がジャック・ストコウ Jack Stokoe となっており、『"機関銃要塞"の少年たち』の続編として出版されたのではなかったが、アメリカ版では、チャス・マックギルと書き換えられ、後に、イギリス版でも、チャスが主人公名となり、手元にあるマックミラン社のペーパーバック（1995刊の再版）では、表紙のタイトルの下に、「機関銃要塞の少年たちの続編」 The sequel to the Machine-Gunners と記

載され、続編と扱われるようになってきている。また、巻末の「著者覚書」でも、「本書の多くは自伝的である」"Much of this book is autobiographical."と述べられているので、続編と考えられなくもないが、内容的には、独立したスパイ小説であるとする方が妥当だと思われる。

　1977年3月24日の地方紙（*Weekly News*）に、ボブは、情報の協力を求める記事を出している。

　　戦時中、浮き荷と投げ荷が引き潮に乗って、河口から埠頭に向かって流されるタイン川のパワーとスピードを知りたい。
　　I need to know about the power and speed of the Tyne in moving flotsam and jetsam out of the river mouth and through the piers towards the end of the ebb tide during the war.

　ボブは、取材を徹底的にやる作家であるが、それでもわからないことがあると、地元紙の協力をえていたことがこの記事でわかる。

　時は1943年、ジャックは、ハイスクールの最終学年である6年次生になっている。舞台は、海に近いロー・ストリート、ジャックは近所の人にどう思われるかということばかりを気にしてあれこれいう母親を軽蔑しており、夜、バイクででかけることが多い。波止場の砂地で発見したわん状のものから発信機が出てきて、ドイツのスパイ活動ではないかと疑い、探索に乗り出していく。その過程で、あこがれの級友シーラSheilaや売春宿のネリーNellyがからみ、いかだで海に出て、危険な目にあう。結末で誰がスパイであるかが判明する。イギリス軍につかまったUボートから犯人が出てくるが、信頼してきた人物であったことに衝撃をうける。傍らに、いつもかわらない父親がい

④北海がタイン川と合流するところ。桟橋には幽霊が出る
　作品：『見張り小屋』『禁じられた約束』など

⑤タイマス修道院・墓地（戦時中は軍隊の駐留地）
　作品：『見張り小屋』『砲火のとき』など

ウェストール作品によく出てくる光景から

⑥ 修道院長の安息所（港の名前）
　作品：『海辺の王国』のハリーが第1夜を過ごし、
　　　　『砲火のとき』のソニーがハリーを目撃した場所

⑦ コリンクウット（1748-1810、ネルソン提督の戦友で、地元の英雄）記念碑
　作品：『見張り小屋』『水深10メートル』『禁じられた約束』『砲火のとき』など

てくれた。

　史実でも、第二次世界大戦中、イギリスで諜報活動したドイツのスパイの能力は低く、ほとんど、検挙されたので、この作品のリアリティーはあるのだが、当時のスラムのひどさを語るために登場している人々は、その装置のためのものであって、主人公のようにいきいきしていないのは惜しまれる。献辞は、編集者のマーニとダイにささげられている。

第6作『かかし』

　これまで、毎年長編を一本、刊行してきたボブであるが、80年には、作品がなく、1981年になって、『かかし』*The Scarecrows* がチャトー・アンド・ウインダス社 Chatto&Windus から出て、二度目のカーネギー賞を受賞している。

　『かかし』は、前5作のように、リアリズム作品、ファンタジー作品と分類されるものとは違って、サイコ・ホラー（心理恐怖小説）とでも名づけられるような新しい境地を開いた作品である。献辞に、「共にかかしをみた友人トニー・カリングフォード（Tony Cullingford）に」とあり、表紙カバーの折り返しの部分に、この作品の着想を得た旅のことが述べられている。夏休みにソールズベリー平原を車で走っているとき、三体のかかしが一つの畑に立っていて——前に、男女のかかし、後に男のかかし——異様な集団に見え、すぐにでも動き出すような気配で、平和に見える場所に「脅威の与えるような感じ」"the very sense of menace" をかもし出していた。そこから考え始め、この作品につながっていったという。

　主人公サイモンSimonは13歳、軍人であった尊敬する父親を戦争で亡くし、全寮制の学校にいるものの孤独をかみしめている。ある日、母親が再婚することを告げにやってきて、裏切られたような気分を味わう。そして、自分のなかに、悪魔のよ

うな感情が動き出すことになる。夏休み、再婚相手の画家ジョーが購入した家ですごすことになったサイモンは、母だけでなく妹までもが、義父にべたべたするのを見て、心のなかで憎悪がわきおこる。夜、階下の寝室をのぞくなど、自分が抑えられなくなっていく。家から出てカブ畑を歩いているとき、古い水車小屋をみつけ、惹きつけられていく。そこは、昔、殺人事件のあった現場だったことがわかる。気がつくと、誰がつくったのか三体のかかしが畑にあらわれ、サイモンの憎悪に引き寄せられるように近づいてくる。サイモンが水車小屋の邪悪なものを目覚めさせてしまったのだ。どんどん追い詰められるなかで、のらネコと出会い、病気の子ネコを見つけて獣医にいったとき、ネコの命を助けるという一点で4人が心を合わせる出来事があった。母が明るい友人のトリスTrisを呼んでくれる。しかし、かかしの脅威はますばかり、トリスもその異常さに気づいていく。かかしがぐっと近づいてきたとき、サイモンは水車小屋に突進する。必死で水車を動かすと小屋が崩れ落ち、ぼろぼろのかかしを倒していく……気がつくと、サイモンは畑で倒れていて、家に帰りたいと思う。

　13歳の内面の激しい葛藤が、憎悪となって殺人を犯してもおかしくないほどの激情の嵐となって吹き荒れる。本人はもちろんのこと誰にも止めることはできない。それは、押し寄せてくるかかしという具体的な姿をしており、恐怖心があおられていく。読者は、サイモンとともに、その恐怖体験をし、その嵐が去ったとき、サイモンが内なる悪魔を鎮めるという大きい仕事をやり遂げたことを知る。

　文章が、短く、断続的で、サイモンの呼吸と協調するようなリズムを刻み、水車小屋のなかで聞こえる音は、ホラー小説の効果満点である。

　村瀬学は、その『13歳論』（1999）で、子どもと大人の境界

はどこにあるのかを考察して、「「人類史的な視野」で見るなら、「13歳」は、親（家庭）とおさらばする年であり、剣を取って闘うことを求められる年であり、性として生きることを認められる年であり、まさにそういう「力」の与えられることを自覚させられる年としてあった。」（p.334）と述べている。ウェストールの描く少年たちは、個性的で、存在感が強烈なため、そこから一般の少年の問題を引き出すのはためらわれる。しかし、『かかし』のサイモンを村瀬の論に乗せてみると、一見、かかしが動きだすという超常現象を描いた特異な物語にみえて、その実、「人類史的な視野」に立ってみると、典型的な「13歳」の少年を描いていることがわかる。

二つの短編集

　思いついたときに一気に書くことが多いという短編を集めた作品集が、相次いで刊行された。1982年の『闇を引き裂く』 *Break of Dark* には、5編、その翌年の短編集『「チャス・マッギルの幽霊」とその他短編』 *The Haunting of Chas MacGill and Other Stories* には、8編が収録されている。

　ボブの短編の特徴は、無駄なく語っていく鮮やかでパワーのある文体、読者の感情を呼び起こす喚起力、圧倒するような暴力——それは、現実にある恐怖と紙一重のところにある幽霊や超常現象として表現されることが多い——にある。作品の緊迫力によって、読者を圧倒する。ボブの短編には、着想のおもしろさだけに終わった作品も含まれるが、「作品鑑賞」でとりあげた「夜あそび」"The Night Out" のように、今後、短編作家としても残っていくだろうと評価の高い傑作も多い（『ロバート・ウェストール短編傑作集』 *The Best of Robert Westall: Demons and Shadows & Shades of Darkness* として2巻本に、11編ずつ22編の選集が刊行されており短編の代表作が

収録されている)。

　初期の2作には、傑作が多い。ここでは、『闇を切り裂く』から「ブラッカムの爆撃機」"Blackham's Wimpey"、『チャス・マッギルの幽霊』から、「チャス・マッギルの幽霊」を取り出して、その魅力を具体的に述べてみる。

　「ブラッカムの爆撃機」は、1943年、イギリス空軍が盛んにドイツ爆撃を行った時代を舞台にしている。爆撃機の通信士ゲアリーGaryが語り手である。飛行中、通信士は、視界がなく閉じられた空間で、仲間のやり取りや、敵の会話をインターカムを通して聞くことが出来る。ある夜、基地の嫌われ者ブラッカム軍曹率いる爆撃機が、ドイツ機を撃ち落す場面をゲアリーたちの爆撃機が目撃し、ゲアリー機のインターカムから双方の声が聞こえてきた。ブラッカムたちは、戦果に笑い声をたて、一方、ドイツ機からは、悲痛な叫び声が長く流れてくる。次に出動したブラッカム機は、機体に全く損傷がないにもかかわらず、全員が奇妙な状態で帰還し、軍曹は硬直した状態で病院に運ばれていく。その後もその飛行機に乗った連中は、死人のようになっていく。ついに、ゲアリーたちも、その機に搭乗することになった。インターカムから、ドイツ語が聞こえ、あのドイツ上空で粉みじんになったドイツ兵の悲鳴が続く。インターカムにドイツ兵の亡霊が取り憑いており、スイッチを切ってもやまず、恐怖で乗員を追い詰めていく。おやじDaddaと乗員から慕われている機長の沈着な飛行技術で辛うじて帰還したが、そののろわれた機を焼き払う行為に出る。そのため、別の基地に移される。

　この短編は、次のように語りだされている。

　そうさ、爆撃機で飛んでるんだ。ドイツに爆弾落とすのはどんなだって。ホントに知りたいんだな。いいだろう、踏

ん張って聞くんだ。

　ジョージ、ビールをもう二杯くれ。

Yes, I do fly in bombers. What's it like, bombing Germany? Do you really want to know? OK, brace yourself.

　Two more pints, please, George.

　話が終わった最後の行が「ジョージ、ビールをもう二杯くれ」と同じである。一杯では、ダメなのだ。空中の緊迫感、爆撃をうけて死んでいく兵士の絶望の叫びが重く読後に残ることになる。

　空軍というと少年のあこがれであり、ヒロイズムとつながりがちであるが、ここでは、イギリス空軍が、まるで、消耗品のように飛行士を増産し、リスクの高い出撃を日常的に繰り返していた時代の戦慄のレポートがある。ひとりのドイツ兵の死が現実感をもち、戦勝したはずのイギリス兵士たちに憑依するという超常現象をそのまま受け止めることができるのだ。

　語り手が尊敬する機長のおやじは、カトリックの僧になろうとしていた人物に造形されていて、戦争によって直面せざるをえない個人と国家の問題、死と宗教の問題を体現している。彼の押し殺しているパワーを感じ取るのもこの短編の魅力である。

　「チャス・マッギルの幽霊」のチャス・マッギルは、同じ短編集に入っている「ドラキュラへの旅」というおかしな夫婦がクリスマスにルーマニアへドラキュラに会う旅をする物語の夫ジョージとともに、アンケート調査でお気に入りのキャラクターとして挙げられている。

　1939年9月3日、戦争の始まった日に、チャスは、タクシーで祖父母と母と元女子私立学校の建物に引っ越した。祖母が疎開して空き家になった建物の管理を頼まれたからだ。4階の使

用人の部屋であったところを自室にしたが、夕暮れ、4階にろうそくの明かりがもれているのを見て、消し忘れたと思ってかけつけると真っ暗だったのがきっかけで、あかりの灯る部屋の秘密を探りはじめる。そこには、脱走兵がかくまわれていた。フランスのモンスの戦いで塹壕足になりかかり、休暇でイギリスに帰ったまま隠れていたのだ。チャスは、それは、1917年第一次世界大戦のころであることを知る。おじいちゃんの名誉除隊章と除隊証明証を探し、部屋においておくと、ありがとうという返事があって、脱走兵の帽章がおいてあった。そのあたりまで空襲をうけるようになり、建物を去る日がきて、おばあちゃんに秘密を知られ、その兵隊は、首をつったという話を聞かされる。しかし、深追いすることなく、迎えにきたタクシーにのってその場を去っていく。

　「ブラッカムの爆撃機」の「動」と正反対の「静」の幽霊物語である。チャスのいた場所で、二つの戦争が出会うのだが、祖父が実際に戦争の後遺症に苦しんでいた体験がいかされている。戦争をゲームのようにしか考えていないチャスが、幽霊と作中の祖父の体験を結びつけ、ひとつひとつ自分でその謎を解いていくプロセスがうまく決まっていて、完成度の高い短編になった。

　これらの短編集のあと、SFの『未来街道5』 *Futuretrack 5*, 1983と歴史ファンタジー『セレスターの猫』 *The Cats of Seroster*, 1984 を刊行している。

　『未来街道5』は、近未来もので、テクノロジーの支配する21世紀を否定的な見方で描いており、悲観的なジストピア（ユートピアの反対の地獄郷）が提示されている。マクミラン社からシャトー＆ウインダス社で仕事をするようになっていたダイが出版できないといい、マーニに紹介されたケストレル社 Kestrel Booksから出版されたという経緯がある。

この本は、激しく、怒りに満ちたものになった。ベテランの教師として保守党が教え子にやってきたことへのできる限りの怒りを表現している。薬、戦争、バイク、セックスを使って仕事のない10代の若者を皆殺しにする保守党に対する怒り狂った21世紀像である。（中略）自分が言わなければならないことだった。それが、絶えず、トラブルになってきた。

It was a violent, angry book; every ounce of anger I felt as a careers teacher about what the Tory government was doing to my children went into it; it was a picture of the twenty-first century, of a Tory government gone berserk, using drugs and gang wars, motorbikes and sex, to kill off the teenagers it couldn't find jobs for.... I just knew it was what I had to say. That's always been my trouble;... （*The Making of Me*, p.195）

　ボブは、根っからの教師であった。子どもの未来を真剣に考えると、政治的に、左にならざるをえなかったのだが、穏便なイギリスの保守層には、それが、危険思想にしか見えなかったのである。
　『セレスターの猫』は、フランスの中世時代風の設定で、そこに迷い込んだキャムCamが鍛冶屋から贈られた魔法のナイフをもって、謎のセレスターを探求に行く物語で、『路上の悪魔』で登場したネコよりも、もっと重要な役割を担うネコたちが活躍する。
　『セレスターの猫』の書評で、デニス・ハムリーDennis Hamleyは、導入部分で、次のように述べた上で、リチャード・アダムスをこえることができただろうか、と冷やかし気味

に書評に入っている。

> ロバート・ウェストールは、現代文学を席巻しているさまざまなジャンルから、一作ずつ作品化して、それが、他の誰よりもすぐれたものであることを示しては、次の別の新しいものに移っていくのではないかと思われる。
> I sometimes think Robert Westall's policy is to write just one example of each dominant sub-species of contemporary literature to show he can do it better than anyone else and then go on to something new. (The School Librarian, vol.33, No.1, March 1985)

確かに、この指摘の通り、一作毎に、新境地を拓くことを意識していたことは間違いのないところであるが、同時代の作家を意識してというよりは、オリジナリティーにこだわったためであり、身近にいる10代の読者を新しい手法でひきつけたいという意識が先行していたと考えたい。

5．作家時代　1985-1993

学校を退職し、作家に

　1985年に入って、ボブは、両親を相次いで亡くし、また、10年にわたる教師と作家の二重生活で体調を崩したこともあって、25年間勤務したサー・ジョン・ディーンズ校を退職した。55歳であった。

　詳しくは不明であるが、以後、作家生活に専念していたのかというとそうでもなかったようで、体調を取り戻すと、従来から関心のあった骨董趣味が高じて、骨董屋になっている。子どものときから、古いものに興味があり、コレクション癖をもっていた。歴史的な建物の保存に奔走したり、時代ものの時計やカメラに関心をもっていたが、その延長線上に、骨董屋があったのである。主に、古い時計を商ったが、ビジネスとしてはうまくいかず、数年で廃業したようである。その蘊蓄が生かされている作品もこのころから、生み出されていった。

　また、息子の死後、夫婦仲がうまくいかなくなっていたジーンと、1987年に破局をむかえている。

　1966年、子どもの学校が同じであったマックネル夫妻と知り合い、妻のリンディが、ボブの作品の愛読者であったことから、家族同士の付き合いがはじまった。1968年、夫をなくしたリンディは、チェシャー州のリムに引っ越していったが、ボブは、1987年、リンディのいるリムに移り、同居生活がはじまった。1992年、リンディが退職し、ボブの秘書役を献身的につとめた（このあたりの事情については、Lindy McKinnel:*The Extraordinary Life of Robert Westall*による）。

戦時下の記録集の出版

　1975年に、『"機関銃要塞"の少年たち』が出版されて以来、多くの大人の読者から手紙が届くようになったが、そのほとんどが、自身の戦時下の体験を語るものであった。ボブは、ひとりひとりが異なった体験をしており、それらを集めることで、これまで記録されたことのない「子どもの歴史」ができることに気がつく。そして、風化のす

⑧『空爆下の子どもたち——戦中の子ども時代の記録集』ペンギン版の表紙

すむ前に記録を集めようと、出会う人に声をかけて出来たのが、1985年出版にこぎつけた編著の『空爆下の子どもたち——戦中の子ども時代の記録集』 Children of the Blitz: Memories of Wartime Childhood である。子どもも戦争で戦っているにもかかわらず、その記録がなかったのである。図版（写真、新聞・雑誌記事、マンガ、地図など）が多数入っており、記録者の年齢と住んでいた場所をいれた証言は、多様である。ボブが興味をもったのは、「子どもが戦争をおもしろがっていることだった。これまでで最高のゲームだ、自分か、近くにいる親しい人が殺されないかぎりは。」". . . they found the war *fun*: the best game anybody ever invented, unless you or somebody near and dear got killed." (p.12) という点である。この「発見」は、晩年の『弟の戦争』で、より深く表現されることになる。

低学年の読み物と絵本の出版

　退職後、作品の出版は加速度が増し、すべての作品に言及す

ることができないので、生涯を語る上で必要な作品、いままでになかった境地を拓いた作品、今後長く読み継がれるだろう作品に絞って、取り上げてみよう。

　まず、新しい分野として、10代でなく、もう少し低い年齢の子どもたち向きの作品をつくりはじめたことがあげられる。

　1988年、『くらやみにいるいきもの』 The Creature in the Dark は、大きい活字を使い、文章は短くて読みやすく、プロットも平易である。主人公サミー Sammy は、父の手伝いの羊の番をしているが、羊がいなくなっていくので、夜、犬をつれて探索に出る。そこで、何かわからないものと遭遇する。トラがいるといううわさが立つ。2週間後、また、遭遇するが逃げられる。ある夕方、何かに見られていると思い顔をあげると、緑色に光る目があった。チーターだった。チーターに導かれるままについていくと、空き家の2階で赤ん坊を育てていた。人に馴れているので、飼い主を見つけようと、サミーは奮闘する。結末では、危ないところで飼い主が見つかり、赤ん坊をつれてチーターは去っていく。怖い父のもとでおびえて暮らしているサミーが勇気を試される物語である。1989年の『馬上の老人』 Old Man on a Horse も、過去と現在の時間が交錯する物語であるが、読者層は同じであり、逆境にあってサバイバルする道を試行する点で共通している。

　トニー・ロス Tony Ross のおもしろい絵が目をひく『もし、ネコが空を飛べたら…』 If Cats Could Fly . . . , 1990は、禁じられた星、地球にやってきた宇宙人とテレパシーで交信し、空を飛ぶ能力を得た2ひきの飼い猫の物語で、猫を通して地球のあり方が問われる寓話のような話に仕上がっている。

　1991年の『クリスマスの猫』 The Christmas Cat と92年の『クリスマスの幽霊』 The Christmas Ghost は、ボブの幼年時代の体験が元になっているので、作為が目立たず、無理なく読

める。ジョン・ローレンスのさし絵が巧みである。

　その線上で、ウェストールに、幼年文学が書けたのかという問いを発してみたい。実は、晩年のボブは、幼児も声を出して読んでもらえれば、楽しめるネコの物語と詩の選集を編んでいたのである（『ネコのないしょ話集』 *Cats' Whispers and Tales*, 1996）。年齢を重ねるにつれて、少しずつ、低年齢作品を手がけていったのも、新しい境地を拓くという意欲があった上に、出版社からの要望に応えたという面もあっただろう。

　短編で、絵本化されている作品が2編ある。いずれも、ネコが中核になっている作品である。また、さし絵入りの低学年向きの『大足のネコ』を残している。

　『大足のネコ』 *Size Twelve*, 1993は、学級崩壊している教室にいるいじめっ子のもとに、大きいネコがふらっと入ってきて、学級をかえていく物語である。ネコがひとに与える不思議な力が描かれている。

　『目撃者：クリスマスのお話』 *The Witness: A Christmas Story* は、1986年に、国語の教材として出版された作品で、94年に、ソフィー・ウイリアムズ Sophy Williamsの美しい絵を入れて絵本化されている。エジプトのブパスティス神殿にいた猫が、よその土地で、冬の寒い夜、赤ん坊を生む場所を求めてさまよっているうちに、馬小屋に辿り着き、赤ん坊を産もうとしている女の人に出会い、そこで、出産する。いうまでもなく、よく知られているキリスト生誕譚をボブ流に語ったものである。

　『ネコのないしょ話集』には、6編のボブの作品が入っているが、その中の一編「デイビッドとネコたち」 *David and the Kittens*が、ウイリアム・ゲルタート William Geldartの写実的で猫の魅力がよくわかる絵で、2003年に絵本になっている。猫の出産と子育てを見守る少年とその祖母の物語で、ボブには珍しく、荒々しさや皮肉などが全くなく、生まれた4匹の内3

匹がもらわれ、1匹、家に残るという平凡で何の変哲もない普通の話である。猫と暮らすことで味わえる暖かさ、命の不思議が伝わる。

大人のための短編集

また、逆に、大人の読者に向けて刊行された短編集も編まれている。これまでの作品の多くで、10代の後半、悩みながら大人になっていくあたりを得意としてきたが、7編のゴースト・ストーリーをあつめた『骨董のほこり』*Antique Dust,* 1989は、大人の物語である。巻頭には「ぼろ毛布一枚からうまく恐怖をひきだすことのできる経済的な作家」としてM.R.ジェイムズに献辞が捧げられている。建物につく幽霊を書いてきたボブにとってジェイムズの作品は、大きい意味をもっていたことがわかる。

「人形」"The Doll"は、古い人形を手に入れた骨董屋をめぐる話でディーラーとしての体験がいかされている。大人の男女間の機微を描いた作品もおもしろい。「ポートランド・ビル」"Portland Bill"では、精神的に不安定な夫が、妻と旅に出て、妻が久しぶりの友人と会うので、独りでポートランド・ビルにでかける数時間の間の物語である。そこは風がうなり灰色の霧が漂う荒涼とした場所で、行方不明の息子を必死で探している女性に出会い、探すのを手伝ううちに、危険な崖を降りるはめになり……と進むが、夫婦のあやうい関係がテーマといえる話になっている。

実りのとき

90年前後から、ボブは、いわゆる油の乗りきった時期にさしかかる。1993年4月に、肺炎のため亡くなって、突然、その時期が切れてしまうのだが、晩年の4、5年に成し遂げた成果は、

驚嘆に値する。
i) 青春の恋愛物語と少女の活躍するミステリー
　まず、青春小説に、『禁じられた約束』*The Promise,* 1990と『青春のオフサイド』*Falling into Glory,* 1993がある。前者は、14歳の少年が工場長の娘と身分違いの恋をし、娘が肺結核で亡くなったあと、その部屋に入り、娘の亡霊と交流する。その場面が怖くて切ない。ボブの読者にはなじみの、一連の1940年代のタインマスを舞台にした作品である。後者も、同じく禁じられた恋の物語であるが、優秀な女性教師にはげしい恋をしてしまった労働者階級で優等生の少年という設定になっていて、まったく異なった小説である。世間に知れたら、教師は職をうしない、主人公は奨学金をえられないというリスクのなかで、苦しみながら希望のない恋に陥っていく。
　どちらも、イギリスの社会構造からはみ出す危険を伴っているので、より刺激的な恋になるという点で共通項がある。個々の新味はあっても、自分より階級が上で、文化が違い、白いレースのカーテンのかかる豪邸に住むあこがれの存在としての女性しか描けなかったボブが、後者で造形した女性教師は、女性像として注目される。
　女性像という点では、ミステリー仕立ての『わたしの居場所』*A Place for Me,* 1993がおもしろい。ボブの骨董屋経験がもっともいかされている作品でもある。高校を終え、大学入学準備中のルーシーに、突然、父親が大金を渡し、緊迫した口調でどこへでもいいから誰にもわからないところに逃げろという。車での逃亡劇がはじまる。西ヨークシャの身を隠すのに格好の場所で、見捨てられたような骨董屋を見つけて購入し、その仕事に熱中していく。しばらくして、父から政府の不正をあばく資料が届き、コピーをあちこちの新聞社に送る。ある日、疲れ果てた父を遠くまで迎えにいってつれて帰るが男たちに襲われ

る。危ないところを骨董屋仲間に助けられ、事が明るみにでる。たったひとりで頭を使い逃げおおせるルーシーと骨董の世界がともに魅力的に伝わってくる（同年の作品でホラーの要素の強い『ウィートストン池』 *The Wheatstone Pond* でも、池の近くの骨董屋とその仲間が大きい役割を果たしている）。

ⅱ）　猫文学の集大成『猫の帰還』

　『猫の帰還』 *Blitzcat,* 1989は、「不思議な力をもつネコ」が登場する数多い物語のなかでも代表的な長編の物語である。1940年春、ネコのロード・ゴート Lord Gortは、空軍パイロットの飼い主のあとを追って長い旅をする、その旅の記録を、実況中継で聞いているような物語にしている。猫には、psi-trailingという遠く離れた人のあとを追跡できる超常現象が報告されているが、その能力を使って、猫の行く先々で戦時下におきた出来事を記録し、そこに、ロード・ゴートの飼い主とその家族という物語を交差させていく。直線的でわかりやすい猫の一途な軌跡を通して、猫とふれあった人々の戦争によってすっかり変わってしまった暮らしが浮き彫りにされていく。巧みな構成である。

　苦しい緊迫した物語のなかに、思わず笑える場面がある。たとえば、第4章で女主人がジャガイモをむいている場面で、その粗いむき方をまるでヘンリー・ムアの彫刻のようだ、という場面などである。また、結末で、旅を終えたロード・ゴートがウトウトしている以下のような場面がある。ここでは、一瞬で、国家を異化し、無力なものにするパワーが感じられる。

　　猫は、夢の中でネズミを追いかけている。
　　どこの国のネズミかをいうのは、むずかしい。
　　In her dream, she was hunting mice.
　　Of what nationality is impossible to say.

6．晩年のウェストールと死後出版

『海辺の王国』と遺書のような『弟の戦争』

　晩年の代表作『海辺の王国』*The Kingdom by the Sea*, 1990 と『弟の戦争』*Gulf* 1993については、家族のあり方を戦争という装置であぶりだしているという論旨で「作品小論」として別項で語っている。

　ボブの作品歴を辿っていくと、意外にリアリズム系の作品が少ないなかで、『"機関銃要塞"の少年たち』の15年後に出版されたのが、『海辺の王国』である。『海辺の王国』の表紙カバーには、主人公ハリーが犬のドンと初めて一人ぼっちの夜を過ごした場所、修道院長の港という意味のあるPrior's Havenというお城と僧院の遺跡のある崖の直ぐ下に位置する小さな入り江が描かれている（写真⑥参照）。その入り江は、1994年死後出版された『砲火のとき』*A Time of Fire*にも登場しており、その主人公の少年ソニーが犬の散歩に出て、ハリーと出会う場面がある。第10章で、ソニーは、背中にまいた毛布を背負い、片手にアタッシュ・ケースを持ち、片手で大きい犬をつれている少年に出会う。言葉はかわさないで、うなづきあっただけで少年は去っていく。ソニーは、自分よりちょっと年長で、中等学

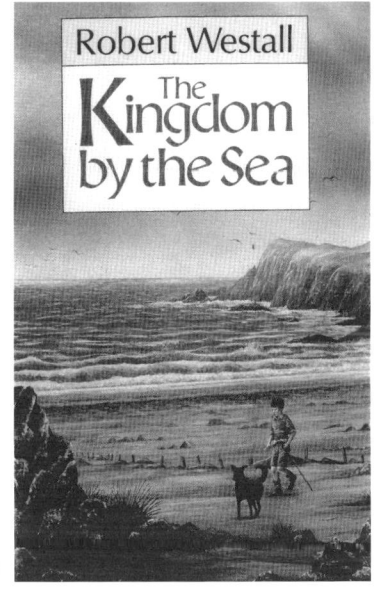

⑨「海辺の王国」初版表紙

校の一年か二年生だと思う。その少年が『海辺の王国』のハリーで、ウェストールの愛読者には、うれしい趣向である。

『海辺の王国』では、空襲で防空壕に逃げたハリーが、あとの家族は逃げ遅れて、亡くなったといわれ、一人で、生き延びる道を模索して遍歴する物語で、戦時下少年版『天路歴程』（バニヤン作、1678）になっている。おそらくは、『海辺の王国』執筆中かあるいは、その直後に、『海辺の王国』では語れなかった少年の物語の構想が浮かんだものと思われる。ソニーは、自分が頼まれた買い物を忘れたために、店に出かけた母が爆撃死し、そのショックで父が従軍して戦死してしまったという子どもで、祖父母と海辺の貧しい家に暮らしているという設定である。ひ弱であったソニーは強くならざるを得ない環境のもと、多くの別れと悲しみを背負っている。『"機関銃要塞"の少年たち』と『海辺の王国』と『砲火のとき』は、同時期に、同じ地域で爆撃をうけた異なった物語で三部作としても読める作品である。主人公の年齢が少しずつ下がっていっている。はじめは、クリストファー一人に語っていたのが、年齢が退行していっているのは、興味深い。幼年文学への試行とあわせて考えてみることができる。

まるで、遺書のように残された現代の戦争を考え抜いて執筆された『弟の戦争』は、湾岸戦争という人類がこれまで経験しなかった戦争の時代に入ったという認識が強烈に働いている。これまで、イギリス、それも、自分の育ったところ、住んだところを中心に活動してきたボブが、その想像力によって、主人公の弟をイラクまで「派遣」しているのだ。この稀有な作品が書かれるには、SF、タイムファンタジー、歴史ファンタジーなど、ジャンルにとらわれることなく縦断してきた作家の戦争文学の蓄積があったことは、いうまでもない。

その死

　ボブの死は、突然、訪れた。

　リンディ・マックネルによれば、呼吸器感染症から心肺停止に陥り、救急車で病院に運んだが間に合わなかったという。1993年4月15日、享年63歳であった。

　自宅の書斎で仕事をしている写真（本書口絵写真参照）があるが、手に持っているタバコからけむりがもうもうと出ている。長年の間に肺への影響はあっただろう。

　死の翌年、1994年には、早くも、地元の図書館が中心となって大掛かりな「ロバート・ウェストール文学散歩」Robert Westall Trailというプロジェクトが立ち上がり、6作品の舞台となったタイン川沿いの場所を示した地図を作成している。最初の文学散歩を行った7月27日には、ノース・タインサイド市長の手で、生家（写真①参照）の壁に取り付けられたブルー記念額の除幕式が行われた。

　町の西側にできた新興住宅地に、ウェストールにちなんだ名前の6つの通り（Robert Westall Way, Kingdom Place, The Haven, Atkinson Gardens, Watch House Close, Hendon Close）ができている。

　また、原稿や手紙などの文書コレクションが、ニューカッスル市にあるSeven Stories, the Centre for Children's Booksに委託、保存されている。また、館内にロバート・ウェストール・ギャラリーが開設されている。

死後出版された作品

　もっとも多作だったときの急死であったため、進行中の作品がかなりあったが、リンディが身近にいて仕事を把握していたため、出版社などとの交渉がうまくいき、死後も出版が続いている。

2007年現在、一番最後の長編は、『収穫の季節』 *The Harvest,* 1996で、長編作品の第29巻目にあたっている（単著として出版された作品で、幼年文学作品を含むが絵本は入っていない）。

　『収穫の季節』は、アフリカでのつらい体験を癒そうとキャンプにやってきたフィリッパPhillippa は、キャンプの中心的な存在である素朴で単純なBrianブライアンにひかれながらも、彼をused利用しているのではないかと感じる。一人の人間をつくっていく宗教や政治や歴史の複雑さのなかで、たじろぐ青春を描いている。

　また、最終の短編集は『風のなかの声』 *Voices in the Wind,* 1997で、短編集の第14巻目（２編入っているものも含めている）にあたっているが、再録が含まれている場合もあり、厳密ではない。短編については、未発表のもの、新聞や雑誌や選集で発表されたものを、あらたに収録して編むことは可能であるので、今後も出版の可能性はあるだろう。

　たとえば、1978年に発表されて、どの短編集にも入っていない作品がある。サマリタン協会の募金運動に協力して、18人の作家が執筆した短編集に入っている作品である（*Is Anyone There?* Ed. by Monica Dickens & Rosemary Sutcliff, Puffin Plus, 1978）。ボブの「異性愛、同性愛、両性愛、それともノー・セックス」 "Hetero, Homo, Bi or Nothing" は学校で「僕はホモかもしれない」という悩みの相談をうけて、その子に自身の体験と性についての考え方を語る形式である。教師が生徒に誠実に答えているものの、物語としてのおもしろさはない。しかし、将来、全集が編まれるならば、作家の性についての考え方を知る上で、格好の作品として収録されるのは間違いないところである。

　これらを合計すれば、1975年以後約20年の執筆活躍期間に

43巻残したことになる(ただし、編集者として一部執筆しているものや、短編を絵本にしたものなどを数に入れると、この数は、もっと、大きくなる)。

おわりに

　ウェストールの突然の死は、新聞・雑誌の追悼記事などで、数多く取り上げられている。一例として、ピーター・ホリンデイル Peter Hollindale のものを紹介してみる（*The Times Educational Supplement* April 30, 1993 p.11）。まず、「魅力的でタフ、妥協しない男で、計り知れないほど誠実な作家」"a lovable, tough, uncompromising man and a writer of immense integrity." とまとめている。そして、その作風がリアリズムからSFまで多彩であったことを述べ、その業績については、「伝統的な冒険物語やゴースト・ストーリーを、不安定で不安を抱いている青春期のひとに伝えたこと」"to mediate the traditional adventure story and ghost story to an age of insecure and anxious adolescence."、特に少年に、と述べている。そして、多くの論者は、同じような論調で高く評価している。それには、異論はない。

　しかし、ボブは、これらを読んで喜んだだろうか。汚い言葉、暴力シーン、女性差別、国家差別など、実際にあった、また、思っていたことは、そのまま歪めないで表現したことを、誠実というレッテルの中に入れて評価しているのだろうか。

　ボブが、何かというと、日本のことをおもしろそうに差別的に語り、映画館で広島の原爆投下のニュースを見て、みんなで拍手喝采、大喜びしたことを書き連ねるとき、日本人である筆者は、心のなかで苦痛が走って、耐え難い思いにかられた。その差別ぶりに関する長いリストを作ったほどだ。しかし、他の誰が、こうした本当のことを伝えてくれたのかとも同時に思う。

　文学によって伝えられることは、時代、国、階層、男か女か、年齢などによって見えてくる世界が違い、矛盾にみちていると

いうことである。できることは、その矛盾をかみ締めながら、生き延びていくと、時空を越えた出会いがあり、命の連環にもかかわることができる。そうボブは、語ってきた。
　真実を書くのは、いのりにも似た行為だったと感じている。

　ウェストールの生涯を追っていく作業をしてきたが、あらためていくつかの課題が浮かび上がってきている。それらを列挙しておくので、議論の参考にしていただきたい。
　1．ウェストールは、父親が、自分の（あるいは身近の）子どもに語るというイギリスの中産階級の家庭の伝統から出発している作家である。しかし、マーク・レモン、W.M.サッカレー、ケネス・グレアム、A.A.ミルン、C.S.ルイス、J.R.R.トールキンと続く系譜にのせてみると、その違いはあきらかである。使っている英語、提示する世界、作品に内包する感情などがあきらかに違う。そこを論じる必要があるだろう。
　2．ウェストールがおもしろさを演出する場面で、よく使うジョークは、「はげあたま」や「入れ歯」、「おばさんのおしゃべり」や「女の子のくつくつ笑い」などで、明らかに、労働者階級の笑いになっている。上品なものに対する敵意も、過度に表現されている。笑いに限らないが、階級差、文化差をどう読み取るのか。また、「政治的に正しい」Politically Correctという立場でチェックすると、あちこちでひっかかるウェストールの作品をどう語り、どう伝えるのかは、議論のあるところである。
　3．内容が過激で、出版を拒否されたこと（『未来街道5』など）があるが、それは、作家に問題があるのか、イギリスの児童文学界の狭さなのか、それとも、そもそも、児童文学の制約なのか、「児童文学とは何か」という問いにかかわる課題である。

4．出版の問題としては、イギリスでの受容とアメリカでの受容に違いはあるのか、アメリカでの出版が先行している場合があるし、また、タイトルの変更がされたりもしている。日本での受容の問題のひとつに、ジャケットの絵がある。ハードカバー版につけられたジャケットの絵は、作品への導入として非常にすぐれているが、日本版は、日本人画家の手になっている場合が多い。また、簡潔でパワーのあるタイトルや会話（特に、「下品な」用語）が日本語に移植する過程で、パワーを消失している例もあった。

5．最後に、ウェストールをファンタジー作家の系譜のなかにおいて考えてみることで、作家の特質がよくみえるのではないか、という点を指摘しておきたい。初期の作品は、いわば、タイム・ファンタジー群であり、扱う世界は、過去・現在・未来と繋がっている時間軸のなかにあった。ネコが作中で重要な位置をしめるにしたがって、徐々に、作品が変容していき、歴史ファンタジーやSFの枠組みでは語れない様相をもつようになっていく。作品小論の「ウェストール作品と幽霊」で取り扱っているが、時間軸は、そのままの現在で、空間を移動させることで、みえる世界が異なるという手法である。小説の歴史の初期から「旅」という方法を使って多くの作品が描かれてきているので、その異形ともいえる。ウェストールは、作中でよく他の作家の引用をしているし、読書家であった。文学伝統の継承とその破壊というテーマを生涯自身に課した作家であった。現代の矛盾を鋭くつくリアリズム作家であるとともに、そこを、突き抜ける未来へのパワーを、ファンタジーという手法をあわせもつことで得てきた作家ではなかったか。

II

作品小論

Robert Westall

1．家族とは何かをあぶりだす装置としての戦争
──『海辺の王国』と『弟の戦争』を中心に──

はじめに

　いまも世界のあちこちで戦争がたえることはない。第2次世界大戦の敗戦から60年、日本人として、日本国憲法第9条の精神を守って、平和な世界実現にこころを砕いてきたのは、太平洋戦争の無残な歴史によるところが大きい。1945年3月東京大空襲で、一夜にして10万人ものかたを亡くし、そのほとんどは女、子どもと老人だった。大都市は次々と空爆を受け、死者を出しただけでなく、行き場のない、飢えた多くの人びとを生み出した。広島では20万人、長崎では7万もの人が死に、それよりも多くの「被爆者」が、ずっと、後遺症でいまも苦しんでいる。無差別に大量に殺されたという体験は、当然のこととして、二度と戦争をしてはいけないという平和への思いにつながっている。特に、戦前の子どもに対する一方的な愛国教育や好戦的な少年読み物によって刷り込まれた戦争意識に大きい問題があったという反省があった。

　そのため、日本では戦後早くから反戦ということをテーマにした数多くの作品が刊行されるようになり、「戦争児童文学」という用語が定着し、子どもの本の推薦リストでも「戦争児童文学」という項目がたてられてきている。また、それだけを扱ったブックリストも存在する。なかでも京都家庭文庫地域文庫連絡会編の『きみには関係ないことか　戦争と平和を考えるブックリスト』は、第1集の1984年から第4集の2004年まで、母親を中心とした読書会を重ね、絶えず新しいデータを入れて刊行を続けている。また、長谷川潮・きどのりこ編著『子どもの本から「戦争とアジア」がみえる』（1994）では、国内では

被害者であったが、アジアでは侵略者であった日本を強く意識したブックリストになっている。筆者も、日本語で読める外国の児童文学をもとにして、「戦争児童文学の深化にかかった年月の長さが意味するもの」(「日本児童文学」1983年8月号)という論文を発表しており、その中で、次のことをあきらかにした。

　1）英語圏のブックリストでは、「戦争児童文学」という用語そのものがなく、特別にあつかっていない。

　2）1940年代には、事実が生々しいこともあって観念的に平和を叫ぶもの、50年代は子どもを信頼して次の時代は平和で豊かであることが示唆される理想にもとづいた希望を与えるような作品であったのが、60年代には、幸運と善意によるハッピイ・エンドという欺瞞を許さなくなっていき、戦争児童文学が変容していく。

　3）70年代になって、戦争の持つ複雑で重層的な性格を描く作品があらわれ、戦争を知らない子どもたちに、戦争時代の記憶を伝えたいという大人の願いが、時代を経るにしたがって風化するのではなく、深化していっている。

　4）レオン・ガーフィールドLeon Garfieldの『少年鼓手』 *Drummer Boy*, 1970やモリス・ハンターMorrie Hunterの『砦』 *The Stronghold*, 1974のような歴史ものの体裁をとった反戦児童文学といえる作品に展望があるが、欧米の戦争を背景にした作品群には、アジアやアフリカの視点に立った作品がなく、今後を待ちたい。

戦争児童文学における70年代の意味とロバート・ウェストールの登場

　この論のなかで60年代から70年代にかけての変化をもっともよくあらわしている作品としてとしてロバート・ウェストー

ルの『"機関銃要塞"の少年たち』（1975）をあげた。もともとは、一人息子のクリストファーに自分の少年時代の出来事を伝えたいという意図から制作された作品である。戦時下の日常を特に修飾することなく、聞き手の息子を退屈させないようにと語っていく。そのあくまでも日常を語るというスタンスが効果を生み、ここまで戦争の実相を浮き彫りすることができるのかと、注目される作品になった。物語の結末で、主人公のチャスが「帰れ！帰れ！とっとと消えやがれ、このろくでなしめら、おれたちにかまうな！」（p.292）"Go away! Go away! Sod off, you bastards. Leave us alone!"（p.184）、と親たちにむけて放ったのは、自分たちの守ってきたものを容赦なくこわしてしまう大人への絶望的な叫びであった。

　愛国少年にもなれず、大人たちの怒りのなかで、それぞれの所属すべきところへ散っていく少年たちの姿が、読者に強く残るラストである。戦争のもつ何重もの性格を、空襲下に成立させた秘密基地に凝縮させたウェストールの表現は、戦争児童文学の一つの典型になりえた。

　ウェストールは、息子がギャング・エイジに入り、その日常をともにすることで、自分の同年代のときの記憶が一挙によみがえり、書き溜めては、息子に語ったものがこの作品となった。いわば、家庭内での物語であった。何年か机の引き出しに入れたままであったという。このことは、「戦争児童文学」という教育性が強く、テーマを前面に出して反戦思想を伝えようとする作品とは、全く違う位相に立った作品が成立していることを意味する。主人公チャスChasは、ドイツに対して好戦的な態度をもっており、家族、特に祖父母も、敵国を侮蔑する言動に終始している。記憶による過去の再現は、そこに何十年間という時のフィルターがかかるので、ゆがんだ「愛国主義」を薄めて表現したり、修正してしまうことが容易におこりうる。しか

し、『"機関銃要塞"の少年たち』では、戦時下の人びとはこのようにふるまったという説得力ある状況が映し出されている。時のフィルターは、平和な時代に生きる息子たちの青春を通して、当時では、見えていなかった戦時下という状況が映し出した大人の欺瞞にみちた生き方や家庭という子どもにとってのよりどころのもつ脆弱さなどを怜悧な眼であぶりだしたところに働いている。戦時において、子どもは、愛国者であり、戦争に協力する戦闘員でもありながら、犠牲者でもあるということを重層的に描き出すことに成功した。しかし、ドイツ人のパイロットルーディを子どもたちの秘密基地に入れ、人間的なふれあいをするというプロットにたいして、ジリアン・レイゼイ Gillian Latheyは、「ドイツ兵ルーディのあいまいで内省的な描き方が、ウェストールが振り向かせたいと願う読者をかえって遠ざけることになる」"His（=Rudi）indecisiveness and introspection are likely to alienate the very readers Westall wished to convert."(注1)と指摘しており、ステレオタイプな「ナチ」像の提示には、批判的である。チャスの叫びの相手である国家や家族という体制を討つ視点をあいまいにした結果になっているのだ。

　個人の記憶を伝えるという点では、最初の目論見は果たされ、その上、出版されて高い評価を受けたことで、作家としてのウェストールは、満足はしたものの、同時に、リアリズムの手法で表現できる限界もよくわかっていたと思われる。1977年刊行の『見張り小屋』 The Watch Houseがいわゆる幽霊物語になったのは、作家としての必然性があった（別項「ウェストール作品と幽霊」参照）。

　以後、ウェストールといえば、幽霊物語と結びつくほど、多くの幽霊の登場する作品が生み出されていく。もちろん、息子がそうであったように、読者をひきつける工夫として彼らが興

味をもち、惹かれる幽霊を使ったという技巧としての意味もあるが、それよりも、作者個人の履歴という狭い世界を、ひろげる工夫という意味が強い。歴史を刻んできた建物に取り付いている幽霊たちは、人間だったときの物語を語ることができる。そして、幽霊になって出てこなくてはならない必然性をもっているのである。ウェストールが登場させた数多くの兵隊の幽霊たちは、名もなく、美しくもなく、死なざるをえなかった無念をもって幽霊になっている状況をかかえていたという点である。幽霊として姿を見せるとき、その出てくる場所は、日常の普通の場所であるので、日常を異化する作用が強く働く。その上、作者は、いわゆる心理描写に頼らず、読者の内面に切り込むことができるのである。

　幽霊物語の時代を経て、作者としての晩年の90年代に入ったウェストールは、さらに、深化を遂げていく。

『海辺の王国』の戦争児童文学としての意味

　専業作家となったウェストールは、あふれるように多くの作品を生み出していくが、第1作から15年後の1990年、『海辺の王国』 The Kingdom by the Seaによって、もう一度リアリズムの作品に返ってくる。それは、第1作とは違ってグループをつくる友だちがなく、親もいないという境遇のなか、一人でサバイバルしようとする少年ハリーHarryの物語となった。「自伝」で「僕の著作は、一人ぽっちの主人公──独りでやっていくことを選択する主人公になっていく。」"My books tend to have lone heroes——heroes who *choose* to go off by themselves."（p. 305）と語っているが、防空壕に間一髪で入り、命拾いをしたハリーが、親戚のおばを頼るよりも一人で生きようと考え、手持ちのお金で食料を手に入れることや雨露をしのぐ場所を確保することから始め、飼い主をなくしたと思われる同

じ境遇の犬ドンと、少しずつ生き延びる術を身に付けていく遍歴物語である。ハリーの変化を作品を使って辿ってみよう。

　親の保護のもとにあったので、最初は、絶えず、親のいっていた言葉やしつけを思い出しているが、それらが生きる力として機能しない事態に次々と遭遇する。食べものを求めてフィッシュ＆チップスの店にいくと、汚い姿と大型犬をつれていることでいじめられなかなか売ってもらえない。とっさに「かわいそうな子ども」を演出し、並んでいる婦人の同情をかうことで、やっと、初日の食料を手に入れることができる。

　　パパはいつも嘘をつくな、と言ってた。それに、泣くなんてのは赤んぼのすることだって。だけど、涙と嘘だけがいまのところ役に立っているんだ。(p.45)

　His Dad had always taught him never to lie, and that only *babies* cried. But tears and lies seemed to be all that worked now. (p.34)

　　犬はもう、ママよりも、親しいものになっていた。もちろん、パパよりもだ。(p.51)

　The dog had been closer to him than Mam had been, let alone Dad. (p.38)

　ひとつひとつの難問が、ひとりで生きていく方策をもたらしてくれ、一日が無事にすぎることがこの上ないすばらしいことになっていく。犬のドンという仲間がいてくれることがなによりの慰めをもたらす。

　農夫に追われ、雨のなかを、夜になって、川敷きで放置された車両にへとへとで辿りつく場面が第7章にある。それが、牧師が旅人のシェルターとして用意してくれたものであることがわかったとき、自分がやっていることは、「巡礼者」"a pilgrim"（p.57）であったと考えるようになる。現代版『天路歴程』である。そこで、北上し、ホーリー・アイランドHoly Island（注2）をめざすことになる。途中、海辺で隠者のように自給自足しているジョゼフからくらしの知恵をさずかるが、「知っていることは全部教えた」"I taught you all I know"（p.69）と独り立ちするように押し出される。次に、住処となるのは、軍隊の残したトーチカpillboxで、近くの軍隊にいるアーチーおじさんUncle Archieと知り合う。使い走りをして楽しく暮らせるかにみえたものの、アーチーの上官にいたずらされそうになり、逃げ出すことになる。アーチーという、子どもをふるさとにおいて赴任している男の親切とその限界、さびしさがえぐりだされている。倒れた老女を助けてほしいとその娘に頼まれて泊まった家は、作中、唯一の女性との出会いである。いよいよ辿り着いたホーリー・アイランドであるがリンデスファーン修道院Lindisfarne Prioryで、番人から怪しまれ追いだされる。毎日曜日教会にいっていたハリーは、聖句を唱えて抗議する。

「わたしのところに来る幼子たちをうけいれなさい。なぜならここは天の王国であり……」ハリーは、大声でとなえた。（p.175）
'Suffer the little children to come unto me, and forbid them not, for such is the Kingdom of Heaven.' roared Harry.（p.122-3）

しかし、それは逆効果を生み、「この島ぜんたいが、おそろしいわなのように思えた。」（p.176）"the whole island felt like a terrible trap."（p123）という結果を生む。

そして、島の子どもたちの集団にいじめにもあい、逃げ出そうとするが潮が満ちてきて、辛うじて避難小屋Tower（写真⑩⑪参照）にあがる。しかし、ドンがはしごを登れないことに気が付き、おぼれそうになりながら、助けあげる。翌朝、通りかかった大男がひょいとドンを地面におろしてくれて、島を出ることができる。このエピソードは、遍歴のなかのクライマックスであり、聖地のはずが、楽園のイメージとはまるで逆の生命の危険を伴った場所であったのだ。疲労のあまり、道端でねむってしまったハリーに声をかけてくれたのがマーガトロイドMurgatroydさんで、怪我をしたドンを獣医師に連れて行ってくれ、ハリーに親切にしてくれる。マーガトロイドさんは、5年前に奥さんを、半年前に一人息子を戦争で亡くしており動物に話し掛けながら不思議な暮らしをしている。その手助けをしながら、ともに暮らしていくと、そこは、「ここは、まるで、動物の王国だ。」"It was as if it was a kingdom of animals."（p.153）であることに気付き、こころが安らいでいく。ふたりでヘッジホープ山に登り、自分の姿を息子に重ねて見ているマーガトロイドさんとは、お互いがお互いを必要としていること

⑩潮が満ちてきて危険なときに待避所となる小屋が巡礼道のそばにポツンと立っている

⑪その日の潮の干満時刻がわかる表が貼り出されている

がわかり、この人のところが自分のいるべき「王国」であることをさとる。同時に家族が「ママ、パパ、ダルシーがきゅうに信じがたいほど小さく見えた。」(p.229) "Mum, Dad, Dulcie suddenly incredibly small." (p.160) となっていることも。

しかし、作品は、そこで閉じることはない。学校の手続きや養子にするために、家のあとを訪ね、消息を辿って、空爆で死んだと思っていた家族と再会することになる。家族は爆撃で怪我をして入院し、家を失ったため貧しい地域で暮らしていたのだ。父親はハリーを叱り付ける。あまりの心の狭さにハリーは自分が「この家にははいりきれないほど、大きくなってしまった」"too big for his family." と感じる。結末は次のように記されている。

　三人は口をつぐんだ。だが、ハリーは、三人の顔をながめながら考えていた。これからさき、どんなに長いあいだ、本心をみせずにすごさなければならないか……
　けれど、いつか、いつかかならず、ぼくは海辺の王国にかえりつこう、ハリーは思った。(p.254)

　That shut them up. But he stared at their faces, and wondered how he was going to keep his own mouth shut, over all the years.
　The years before he got back to his kingdom by the sea. (p.176)

犬のドンを乗せて、マーガトロイドさんは去っていくのだが、

家族との再会のこの苦さはどうだろうか。それまでに数多く描かれている家出物語は、主人公は何らかの形で成長し、家族との関係を改善したり、新たな眼でみることができるようになり、ハッピイ・エンドで終わることが常套であった。しかし、この作品では、ハリーは、ひとりで旅をすることで、自分を鍛え、親よりもひろい視野をもち、自分の王国を見つけていただけに、家族との再会が、自分を押し殺して生きる結果をもたらす。

　ハリーが遍歴したのは、半年という短期間であり、車では、たった１時間ほどの狭い距離の範囲であったことを、作者は読者にきちんと伝えている。親がつまらなく見えはじめる年代である12歳の内実を、あくまでも子どもの側から描いているのである。戦争によって孤児になるというきっかけは、形だけ考えれば、家出物語と同じである。しかし、平和な時代には隠蔽することができることも、戦時下では、露呈してしまうことで、より、鮮烈な真実に迫れるのである。たとえ家族からは、理解されることはなくとも、一度、自分の居場所を見つけたものは、つらくとも、耐え、それを秘めて生きていくことができると読みうる結末である。かつて、「成長する」ということは、肯定的で、一面的に捉えられていたが、ここでは、痛みを伴った辛いことでもあることを伝えている。

　自身の戦争体験を息子に語った第1作では、おとなへの不信感があらわに出されていたが、この作品に至って、戦争体験は、生と死に直面する大事件であり、当たり前のものとして受け入れていた自分の家族のもつ卑俗さや狭さまでも、あぶりだすものに深化している。

　ハリーはひとりになって、ひとりでいることの充実感を知り、ひとりで人間として足を地につけて生きることの尊さを知ったのである。

　『"機関銃要塞"の少年たち』では、家族は、国家の一員とし

て国家を支えてきたが、この作品に至って、家族がバラバラになり、それも戦争という国を守るはずの行為によって解体されてしまうさまを描いた。しかし、ひとりひとりは、マーガトロイドさんとハリーがそうであったように、本当に心が通い合った人との出会いによってのみ、家庭を再構築できることを示唆した。

『弟の戦争』——テレビのなかの戦争を考える

　1990年8月2日にはじまった湾岸戦争は、91年1月17日から多国籍軍による大規模なハイテク兵器を駆使した空爆で本格的にはじまり、その様子をまるでスポーツ中継を見るように連日お茶の間のテレビで観戦したことで、記憶される。誘導ミサイルが目標に向かってすすみ、命中する様子は、死傷者を最低限に抑える「きれいな戦争」であると説明されもした。地上戦のバイオレンスはテレビからは消し去られた。イラクを「悪い者」、多国籍軍をそれと闘う「良い者」というわかりやすい公式が成り立っていく。湾岸戦争は「ヴェトナム戦争の記憶を消し去るための戦争」であったとブルース・カミングス（『戦争とテレビ』p.128）は述べている。

　ウェストールが、戦争がテレビ番組化されたことに違和感と嫌悪感をもち、激しい怒りをばねに一気に書き上げ、1992年に出版されたのが、『弟の戦争』である。この作品では、戦争の本質があばかれていくと同時に、国家を支えている「よき家族」の解体が進行していくさまが描き出される。力強くてスポーツマン、建築家の父、やさしくて有能で州議会議員として地域の人びとに助力をおしまない母、3歳違いの弟アンディAndy（もとは、語り手の空想の友達an imaginary invisible friend であったフィギスFiggisの名でも呼ばれる）、語り手トムTomの平和に暮らしている家族に起こった不思議な出来事

を描いた物語という体裁をとっている。弟が2〜3歳のころ、「フィギスのあれがはじまった。」(p.17)"he was having one of Things."(p12) という何かに強迫観念Obsessionsをもつことがはじまり、新聞記事でみた写真の人の名前を具体的にいって手紙をかいたり、テレパシー能力のため、いろいろな困った事件をおこしていく。理解ある両親は、できるだけ、そうした事態につきあう。「フィギスはいつでも、小指一本でぼくたち家族をきりきり舞いさせることができた。」(p.32)"He could always twist us round his little finger."(p.20) という状況となる。しかし、両親の理解を超える事態がおこり深刻になっていく。トムが15歳、フィギスが12歳になった1990年8月のことである。

　ホリディーでウエールズの田舎に滞在していたとき、夜中に聞いたこともない外国語の叫び声でトムが目を覚ますと、家の裏手の木に登って叫んでいるのはフィギスだった。父はイラク軍のクウェート侵攻を告げるTVに熱中して「サダムの野郎」"Bloody Saddam"と叫んでいるし、母はガソリン代が高くなることを心配したその日だった。1か月ほど経ったころ、フィギスが散髪屋で丸坊主になるという事件がおこる。あたまにシラミがわいたからと説明するが、少しずつその奇妙さがましていく。トムはフィギスの様子を見ながらとり付いている状況を知ろうと話しかけるようになっていく。フィギスには、イラクのティクリートTikritに住んでいる少年兵ラーティフLatifが憑依しているのである。トムは、ずっと眠りつづけ、問いにこたえなくなったフィギスに、「ぼくは急に恐ろしくてたまらなくなった。今度とりついたやつはこっちよりずっと強くて、おさえがきかない」(p.95) "Suddenly I was terribly afraid, This Thing was out of control."(p.56) と助けられなくなっていく。結局、脳震盪という病名で入院するが、精神科医psychiatristのラシード先生 Dr.Rashidの診療をうけることになり、精神病棟にうつされる。

　でも今度は、社会福祉の経験も、傷ついた動物を治す腕もいっさい役にたたず、母さんは父さん同様まったく無力だった。両親が、二人とも途方に暮れるなんて初めてだ。こんなことは今までなかった。ぼくはこわくなった。（p.118）

　But now, for all her work with social problems, all her healing skills with animals, she was just as helpless as Dad. It was the first time I'd ever seen both my parents helpless; it's a bit terrifying, the first time.（p.69-70）

全く頼りにならなくなって、急に年老いた両親を目の当たりにして、トムは衝撃をうける。
そこまで進行するのを止められなかったトムは責任を感じ、ドクターに自分の知っていることをすべて打ち明ける。ドクターは、理解し、隔離病棟に入ってフィギスを見守ってくれる。ほとんどこちら側に戻らなくなった弟は危険な状況にいる。ラシード先生は、アラブ人の友人にきてもらって、アラブ語で上官として、直接ラティーフに話しかけ、何がフィギスに起こっているのかをつきとめてくれる。

　その長い話の相手は、きみが「ラティーフ」と呼んでいる人格だった。（中略）……ラティーフ・アル・バクル・ティクリーティというのが彼のフルネームだそうだ。十三歳、イラク陸軍の機甲旅団に所属する兵士だ。（p.126）

　He had a long talk with the personality you called

"Latif" . . . . Latif Al-Bakr Takriti is his full name. He is thirteen years old, and a soldier in an armoured brigade of the Iraqi army.（p.74）

つまり、フィギスは、兵士になって塹壕のなかで暮らしているのだった。もし、ラティーフが戦死したら、フィギスはどうなるのかという恐ろしい疑問も含めてトムはTVから目をはなせなくなる。トムにできることは、病棟でシェルターをつくってこもっているフィギスのそばにいることだけである。フィギスは、ラシード先生の差し入れたブーツを磨いていたりする。自分の責任として、外から鍵をかけた部屋でフィギスのそばにすわる。しばらくすると、トムも塹壕に座っている気がしてくる。ラティーフが眠る短い時間だけフィギスが戻ってくる。「フィギス……これからどうしょう？」'Figgis——what are we going to do?' と聞くと、「どうしょうもないよ。ぼくはつかまっちゃったんだ、兄さん。どうしてこんなことになったのか、わからない。もとの世界がそっくり、だんだんかすんでいって、気がついたらこっちにいた。もどろうとしてみたけれど、だめなんだよ」'Nothing we can do. I'm trapped, Tom. I don't understand it. All our world just faded away, and I was here. I've tried to get back, but I can't.' と答える。そして、兵士が望んでいるのは、「家族のところへ帰りたい」

⑫『弟の戦争』初版本の表紙

(p.143) "get back to their families . . ." (p.83) だけだという。地上戦がはじまり、弟の状況もすさまじいものになる。最後の場面の描写は、次のようになっている。

> 弟はすくっと立ち上がり、焼けただれた両手をふり上げ、クウェートの黒い夜空に向かって声をかぎりにののしった。死を恐れ、闇に隠れて決して姿をみせようとしないアメリカ人たちをののしった。ラティーフにはもう、彼らを殺すすべは残されていないというのに。(p.156)
> Then my brother rose to his full height, and raised his burned hands, and screamed abuse at the black night sky of Kuwait. At the Americans, who lurked in darkness, and would not come to be killed, even when Latif had nothing left to kill them with. (p.90)

そして、部屋のすみに、ぐにゃりとした「ちいさなかたまり」"a little untidy bundle" が残る。目がさめたフィギスは、何も覚えていない。そして、またたく間にフィギスではない普通の男の子アンディに戻ってしまう。「わが家はぎゅっとまとまって、まるで小さな島みたいだ。みんな一緒で元気なら、それでだれもが幸せなのだ。」(p.162) "Our house feels like a right little, tight little island, with everyone glad to be together and alive." (p.93) と表面は何事もなかったように暮らしを取り戻す。

しかし、トムは、考え続ける。

> フィギスはぼくらの良心だった。頭がおかしいんじゃないかと思う時もあったけど、それでもぼくらにはフィギスが必要だった。

ぼくらのまわりには、あちこちに、深く切れ込む湾がある。人と人の間に深い溝がある。ちょうどあの戦争の舞台となったペルシャ湾のような。フィギスは、その深い溝に橋をかけようとした子どもだった。(p.164)

　Figgis was our conscience. For all his maddening ways, we *needed* him.
　All around us there are gulfs; between people. Figgis was the one who tried to build bridges over them. (p.95)

テレビ画面上で、家庭でみてもいい場面を選び、つくられていった湾岸戦争、ヴェトナム戦争を記憶から拭いさるのに使われた湾岸戦争、その欺瞞を、たったひとりの良心でうきあがらせている。『弟の戦争』*Gulf*は、風化し、忘れられていく湾岸戦争への記憶を呼び出す。ラシード先生を通じて語られているアラブの文化や言語、状況は、その文化圏の人々にとっては、ステレオタイプで、欠点だらけのものと想像される。なぜなら、ウェストールは日本のことを書くと、平気で「ジャップ」Japsと書くし、大嫌いな国として、粗悪な商品を引き合いに出して笑いの種にするのだが、日本人の読者のわたしには、そこに、自国優位をかぎとることができるからである。自国以外の造詣は深いとはいえない作家である。
　それにもかかわらず、この作品を戦争児童文学として評価するのは、語り手トムの存在である。トムにとってフィギスは、自分の世界をひろげてくれ、豊かにしてくれる源であった。物語の巻頭で、"I used him. You shouldn't *use* people you love. Maybe what happened to him was all my fault . . . "(p.7)と語りだしている。ここの部分は、訳書では、「ぼくは自分のことしか考えてなかった。ほんとうに愛していたら、あんなこ

とはできなかったはずだ。弟の身に起きたことは、みな、ぼくのせいだったのかもしれない……。」(p.7) となっている。弟を「使って」トムが知ったことを、忘れられないだけでなく、家族のなかでたったひとりその悩みをかかえていくことになるのだ。弟を利用して、自分の知りたいことを追求してしまったことへの痛みが読者に残される。

　両親のもつ偏見や無力さがみえてしまったトムにとって、家族はそれ以前とはまったく違ったものに変貌した。おなじところに住むというかたちでは残ったものの、バラバラにはなれた解体したも同然なものになったのである。Gulfは、国と国とのミゾであり、ひととひとのミゾであり、家族のあいだのミゾでもある。そこに橋をかけるというイメージは、ずっしりと重い。

戦争児童文学と家族を考える

　日本においては、「非常時」という言葉で表現されるように、戦争は非現実的で特殊なものとして、把握され表現されてきた。体験者が残すものには、記憶を残しておきたい、今後、このような悲惨なことがおこらないようにという悲願がこめられていた。しかし、いま、世界において戦争は、絶えず「そこ」にあって「テレビの番組」のひとつと化してしまった。ブルース・カミングスは「テレビは完璧な中流階級シミュレーションを完成させ、猟犬のような臭覚で、中間層の感覚的に許される範囲をかぎ当てる装置」だと述べている。

　テレビは家族を現実的な視聴者像として求めてもきた。そこには、トムの家族がぴたりと重なっている。トムがフィギスを使ってみてきた家族と戦争の実像は、読者の想像力を掻き立て、その奥を見つめる眼を与えてくれる。

　ウェストールは、子どもの時代に空爆を体験したことで、戦争があぶりだした国家や大人や家族の実像を見抜く力をもつこ

とができ、実像を伝えるものとして、戦争は終わったものでなく、幽霊はいまだに戦争時代を生きているし、頼りになるはずの親も、家族という装置が壊れたとき、無力になってしまうことを語ってきた。まるで、遺書のように残された『弟の戦争』 Gulf は、テレビ番組となった戦争の見方とその実像を明らかにしてくれた。ウェストールは、1985年、『空爆下の子ども──戦中の子ども時代の記録集』 Children of the BLITZ: Memories of Wartime Childhood を編集している。貴重な証言集であるが、おそらく、その限界も感じていたであろう。当事者が告発するだけでは、決して戦争は描けない時代に、いま、わたしたちは生活しているのだ。

注1. "Comparative and Psychoanalytic Approaches: Personal History and Collective Memory" p.80. Kimberly Reynolds, ed.: *Modern Children's Literature: an Introduction.* Palgrane, 2005
注2. ニューカッスルの北、約100キロの地にある小さい島で、満潮時（5時間程度）には本島と切り離される。7世紀、聖カスバートが伝道した地であり、11世紀に僧院が建立されている。キリスト教ゆかりの島である。

【参考文献】
　　テキスト：*The Machine-Gunners* Macmillan 1975 『"機関銃要塞"の少年たち』（越智道雄訳）
　　　　　　The Kingdom by the Sea Methuen 1990 『海辺の王国』（坂崎麻子訳）
　　　　　　Gult Methuen 1992『弟の戦争』（原田勝訳）
　　　　　　The Watch House Macmillan 1977
　　文中の日本語訳はこれらのテキストの訳文を使っている。
Children of the Blitz: Memories of Wartime Childhood Penguin 1985
Something about the Author Autobiography Series Volume 2 Gale Research Company 1986 p.305-323
Bruce Cumings: *War and Telvision* Verso 1992（ブルース・カミングス、渡辺将人訳『戦争とテレビ』みすず書房、2004）

2．ウェストール作品と幽霊

はじめに

　筆者が、はじめてイギリスに出かけたのは1970年代であったが、いくつか強い印象を残したなかに、「ロンドン・ゴースト・ツアー」というのがあった。幽霊の出る建物や通りを巡っていくツアーで、幽霊も観光資源として活躍（？）していた。後に、全国各地でそれに類似したツアーやガイドブックが刊行されていることがわかってきた。土地や建物と結びついた幽霊の存在は、創作の幽霊物語の豊かな素地となっているのは確かであろう。

　しかし、フイリッパ・ピアスのまとめた児童文学としての幽霊物語百年集『恐くておもしろい』（*Dread & Delight*）の序文によると、子ども読者に向けて、幽霊物語集が刊行されたのは、1952年クリストファー・ウッドファドChristopher Woodfordeの『藁人形の謎を追って』*A Pad in the Straw*が最初であると記してあり、その歴史は、20世紀後半からと意外に新しい。その前に、M.R.ジェイムズM.R.Jamesの幽霊物語集*The Complete Ghost Stories*（1931）があることにもふれ、そのどちらもが、教師が男子生徒に語ったものであることに注目している。そこから、古い館や教会、学校などに伝わる伝説としての幽霊物語が、家庭ではない学校という場での聞き手を得ることになり、その語り手によってオリジナルの物語に発展していったであろうと推測される。

　ウェストールが作品を書き始めたころは、子どもの本における幽霊物語の歴史の草創期を経て、創作の幽霊物語が盛んになる次の時期にさしかかっていた。デ・ラ・メア、アリソン・アトリー、レオン・ガーフィールド、ジョーン・エイキン、フィ

リッパ・ピアスと同時代の作家が技を競うように幽霊物語を発表していた時代である。

ウェストールの幽霊

　ウェストールは、最初に、幽霊を登場させた物語『見張り小屋』に、次のような「著者覚書」を書いている。

> ずっと、幽霊物語を書きたいと考えていたが、目的もなく邪悪なだけの幽霊は書きたくなかった。ただ、足跡が光ったり、ふいに悪寒がしたり、ぞっとするような叫び声をあげたりする、まるで、へたなコメディアンが脈絡のないジョークを連発するようなのはごめんだった。ちゃんとした幽霊というものは、メタボリスム、目的、仕事のやりかたをもっているはずである。
> I always wanted to write a ghost story. But I dislike aimlessly-malevolent spooks, who perform random series of tricks like glowing footprints, sudden chills and horrid shrieks, rather as bad comedians string together unrelated jokes. A satisfactory spook should have a metabolism, a purpose and a modus operandi. (*The Watch House*, p.227)

　こうしたことを踏まえた上で、あとは、幽霊が策略をめぐらすにふさわしい歴史をもつ建物があれば、と探していたら、タインマスの博物館になっているThe Watch Houseに行き着いたので作品（p.34参照）ができたと述べている。どくろや墓石など、幽霊物語につきものの小道具を使っているが、書きたかったのは、難破して亡くなった人の幽霊が訴えをもって出現してくる点にあった。つまり、幽霊は、その実体が

あり、冤罪をはらすという目的をもって、解決してくれそうな人物のところにあらわれてくる。

この作品での幽霊は、後の作品での幽霊と共通したところが多いので、その特徴をまとめてみる。

1）幽霊には、幽霊にならざるをえない必然性がある。

2）そして、人間であったときの「物語」をもっている。

3）あらわれる場所は、歴史のある建物で、その建物には累積している時間が感じられる。

4）幽霊と出会う現代の登場人物にも、幽霊と出会う必然性があったり、心理的な内面の葛藤が幽霊を呼び寄せたりする。

サイコ・ホラーの世界、超常現象の世界へ

長編の第6作にあたる『かかし』にも、上記の特徴は、よく当てはまる。主人公サイモンは、母の再婚が、亡き父への裏切りであるとして、母と義父に憎悪を燃やす。イギリスで現存する最古（13世紀）の水車小屋が、サイモンの心の葛藤と共振する。小屋に残された古い衣装をまとったかかしが三体あらわれ、日に日に、サイモンに向かって押し寄せてくる。そこから生じる得体の知れない恐怖は、サイモンを追い詰める。小屋の内部で隠蔽されていた殺人事件が呼び覚まされたのだ。ここでの「かかし」は、人間のように肉体を持たないので、憎悪のかたちがより強く感じられる。幽霊物語が「ホラー」あるいは、「サイコ・ホラー」と呼ばれる物語へと変化していく様子が読み取れる。

『禁じられた約束』*The Promise,* 1990 に、主人公ボブが結核で亡くなった初恋のヴァレリーに物語の後半で出会う場面がある。幽霊のヴァレリーと交流することで命が消えそうになるボブを二人の父親が引き戻そうとする。1940年の戦

時下にあって、「生き延びることを知りつくした子」"An old hand at survival, now."（p.165）であったボブは、辛うじて現世に踏みとどまる。この幽霊は、初期作品の幽霊とは、明らかに異なっている。空爆下でいつ死がやってくるかわからないという状況下で、幽霊にとりつかれるという二重に痛ましい関係は、「ホラー」というレッテルにはそぐわないが、物語により強い恐怖感を与えることになった。

　作品は、超常現象 the Supernatural という言葉をもってくるとわかりやすい広義の幽霊物語に変化していく。「ネコ」がキー・ワードになり、猫の不思議な力を駆使する作品があらわれる。最初の作品は、猫が過去の時代への案内役となる『路上の悪魔』である。『セレスターの猫』は、時代を中世にとっている。『猫の帰還』は、戦禍のイギリスを飼い主を追って旅する猫が主人公である。『大足の猫』では、ふらりと教室にやってきた猫が学校をかえていく。『ヤックスレイの猫』 *Yaxley's Cat,* 1991ではコテジの謎を知る老猫が登場している。

　猫が重要な役割をはたす作品を時代順に並べてみたが、過去と現在をつなぐ役割であったものが、一作毎に、猫そのものがもつ超常能力で人間の未来を拓く役割を担わされてきている。猫の実存と人間の実人生という二つの世界が同一作品のなかで融合する。猫が予知する世界に人間が導かれるという作風は、教職を退職して作家になって以後、顕著になっていく。過去が現在のなかにあってその幾層にも重なっている上で、私たちは生きているという時間軸にたつ幽霊物語とは異なったものになっていったのである。

　この線上にのせて、『弟の戦争』を考えると、異空間にいる人に、憑依する弟は、猫作品のなかの猫の役割と重ねることができる。過去、現在、未来という縦型の時間軸のなかに

あった幽霊物語が、二つの世界、この世とあの世を行き来するものであったのが、空間の移動での二つの世界、この場と全く別の場を行き来するという異種の物語になっていったのである。その兆候は、中篇「ブラッカムの爆撃機」（p. 47参照）で、ドイツ機の兵士の幽霊がイギリス機にとりつくというプロットで表現されていたが、本格的に結実したのは、『弟の戦争』である。イギリスでは、テレビのなかにあって傍観している湾岸戦争を、ウェストールは、その身で体験するというプロットを編み出し、自分の家族の問題とした。

作家としてスタートした『"機関銃要塞"の少年たち』以後、祖父、父、息子という三代にわたる体験の違いを語り、後の短編作品でも、まだ、個人的には、戦争が終結していない、あるいは、納得のいっていない多くの兵士の幽霊にその物語を語らせているが、ウェストールの想像力は、異空間へのひろがりをもつようになった。『弟の戦争』は、その第一歩であったのである。

短編のなかの幽霊たち

ウェストールは、速筆であったので、アイデアがひらめくと、すぐ作品に仕立て、生涯に多数の短編を残したが、その多くは幽霊物語か、それに類する「恐くておもしろい」物語群である。また、読者として多読であっただろうことは、『ゴースト・ストーリーズ』 *Ghost Stories*, 1988という幽霊物語を集めたアンソロジーの編集をしていることでわかる。この短編集には、22作品が選ばれ、カフカ、モーパッサン、サキから、レイ・ブラッドベリー、フィリッパ・ピアスなど、また、グレアム『たのしい川べ』の第7章「あかつきのパンのふえ」を入れるなど、「ゴースト」の解釈が広く自在に作品が選ばれている。また、自身の短編集で、タイトルに「ゴ

ースト」が入っているのは、二作で『幽霊と旅』*Ghosts and Journeys*と『骨董のほこり――幽霊話集』*Antique Dust: Ghost Stories*だけである。しかし、最初期の二作の短編集も幽霊物語集であったし（p.48-49参照）、幽霊や超常現象の要素の入っている短編作品が多い。そこで、第3-8短編集から各1作品を選んで、紹介してみる（第9-12短編集からは省略）。

「レイチェルと天使」'Rachel and the Angel'（第3短編集 *Rachel and Angel and Other Stories*, 1986）は、旧約聖書「ソドムの滅亡」のウェストール版といえる寓話風の作品で、ウェストールの宗教観が読み取れる。牧師館の娘が教会堂で村を滅ぼすというザファエルという天使と出会い一人で戦う。すべてが終わったあと、レイチェルは、「新しい愛すべき罪深い世界」"her new lovely sinful kingdom."（自分の村）に出て行く。

「バス」'The Bus'（第4短編集 *Ghosts and Journeys*, 1988）は、ジャックが乗ったバスは、停留所毎に時代をさかのぼり、死の国へ向かっていることがわかる。現実に絶望していることが過去に導いたのだが、運転手に「未来を受け入れるか」と聞かれ、現実に戻ってくる。時を逆転させることで、人の一生がみえてくる。

「猫スパルタン」'The Cat, Spartan'（第6短編集 *A Walk on the Wild Side*, 1989）は、両親とうまくいっていないティムは、大学に進学せず、祖父の遺産を受け継ぎ、祖父の住んだ家で猫のスパルタンと暮らす。一年して猫が死ぬと祖父も猫も同時にいなくなったようで、その家が空虚な場になってしまう。祖父の日記をよむことで両親とも向き合う決心ができる

「女と家」'Woman and Home'（第8短編集 *The Call*

and Other Stories, 1989は、転校してきていじめにあい、学校に行かず、さまよっているとき、ある「家」につかまってしまう。死んだ女主人の遺書によって、この家を守るように迫られるが、なんとか脱出する。

奇妙な天使、あの世に送り届ける運転手、祖父と重なる猫、女主人の執着する古い館、とプロットは全く異なっているし、語りたい内容も相違するが、こうした道具立てによって、場所と時間が異化され、世界の構造が多層であり、その複雑な時間と空間のなかに「いま、わたしがいる」ことを浮かび上がらせている。

おわりに

ウェストールは、最初、建物や場所に固定された「地縛霊」が中心の幽霊物語を描いていたが、しだいに、その範囲を超えて、幽霊という死者の顕現現象が解き放つ恐怖（horrorやterror）を描くことに興味を移していった。その恐怖を乗り越えることで新しい場を認識するという物語である。

次に、猫という過去と現在を自由に往来する生き物を作中に入れることで、新しい境地を拓き、猫が霊そのものであったり、導き手であったりとさまざまのその延長線上の作品を試みた。

そこから、異空間をめぐる幽霊物語ともいえる作品が展開されていった。『弟の戦争』は、絶えず、新境地を拓こうとしてきたウェストールにとっては、終着の作品とは考えていなかっただろう。時間という縦軸のなかにあった幽霊物語が、空間を移動する横軸の物語に変容を遂げたことで、幽霊物語は次の時代に入った。一般に「ファンタジー」とよばれているジャンルがあるが、『弟の戦争』はそこには入らない。実作品は、絶えずジャンルを破ったり、越えたり、無力化する

のだが、ウェストールの幽霊物語制作の個人史は、そのことをはっきりとみせてくれた。
　作家の死によって、複雑さを増す世界を見る目としての幽霊物語の未来は、読者にゆだねられたのである。

Ⅲ 作品鑑賞

The Kingdom by the Sea
CHAPTER FIFTEEN

The trouble was, he was a town child. He believed in roads that stayed as roads, bridges that stayed as bridges. He believed he had a God-given right of way[1].

He didn't know the sea.

It was not that he was a fool. He kept a sharp eye on the lines of tiny distant breakers[2] on each side of him; that glowed with the white of breaking surf, in the dark. In a way, they were a guide, like the white lines they had painted on the edge of pavements, back home, to guide people when the blackout started.

He began to get the worrying idea that the white lines were getting nearer; but it was hard to judge, in the dark. He hurried as fast as he could; but he was utterly weary,

---

From *The Kingdom by the Sea* by Robert Westall
Copyright ©1990 by Methuen Children's Books, 1990
Reprinted in English by permission of The Estate of Robert Westall in care of Laura Cecil Literary Agency, London, through Tuttle-Mori Agency, Inc., Tokyo

『海辺の王国』(1990) は、主人公ハリーが空襲によって、家と家族を失い、自分ひとりで、生きるためあちこちを遍歴をする物語である。この15章は、遍歴の目的地であったHoly Islandがその名前とは裏腹に、ハリーを拒否し、苛め抜かれる場所であることがわかり、逃れていく途中で、潮が満ちてきて、陸路へと続く道がなくなり、命の危険にさらされる場面である。比喩や主人公の内面の描写などウェストールの文体の魅力がよく表現されている。

1 right of way 「他人の土地の通行権」という意味があるが、God-givenとつけることで、主人公ハリーが痛烈な打撃を受けていることが伝わる。
2 breakers -sで「白波」。ここでは、それまで、道であったところに、急激に潮が満ちてくるさまをlines (波がしら) に注目して、blackout (戦時中の灯火管制) 時の白線の比喩を使って重層的なイメージが想起されるようにうまく表現されている。

his luggage weighed a ton, the pans banging against his bottom were nagging enemies now. He stopped and looked behind. The cursed island[3] was fading to a low dim mottled hump. But in front, the Northumbrian coast seemed no nearer, low, flat, boring. Get on, get on.

Yes, the lines of surf were moving together. The bridge ahead *was* narrower now, seeming little wider than the big wide coast-road at home.

He swung round. Should he make back to the island? He didn't want to. He hated the place. And he was a good way out from it now . . .

And then, as he watched in horror, a wave more determined than the rest kept on and on, until it had rolled right across the sand-bridge between him and the island[4]. For an awful moment, there was no bridge, just sea. Then the bridge heaved into sight again, like a long whale breaking surface but narrower still.

He looked towards the mainland. The bridge there was still quite wide, unbroken . . . the way ahead was safer.

He must have run another hundred metres. The very quality of the sand under his feet seemed to be changing, growing wetter, soggier, softer. He was slithering rather than running. His feet couldn't get a grip any more.

And then he saw it. The wave in front that swept right across the sand-bridge . . .

---

3 **The cursed island**「のろわれた島」Lindisfarne Priory（リンデスファーン修道院があり、金銀で彩色された中世の福音書が作られてことで著名）のある Holy Islandのことを言っている。ウェストールのふるさとTynemouthの北約90キロに位置している。

4 **the sand-bridge between him and the island** Holy Islandへは、"causeway"（歩道・巡礼道）を使って徒歩で渡ることができるが、満潮時には、その道があふれ、渡れなくなる。島には、Tide Tablesが掲示され、その時刻を知ることができる。（p.75 写真⑩⑪）

Frantic, he looked behind again.

There was no sign of the sand-bridge at all. Just the waves rolling across, one after the other.

Run, run, run. The dog[5] ran with him, barking urgently. But he just knew he wasn't going to make it. The world was changing its rules.

He ran into the next wave as it crossed in front; his feet were soaking, icy, in an instant. The sand under them was like freezing porridge. He was waddling slowly like a duck.

And the mainland looked as far away as ever.

It came to him that he was going to drown. There was no way that he couldn't drown. He couldn't run a mile; he couldn't run fifty metres.

And the next crossing wave was half-way to his knees, and strong. He felt the tug of it.

And now the whole sand-bridge was gone for good. Even between waves it wasn't showing. Where had all the water come from so quickly? He couldn't even work out which way to go, any more. He was standing up to his ankles in the whole wide trackless sea. He felt dizzy, as the endless waves moved past him, with their burden of sand. The ground seemed to be moving under him, sucking his feet away. He nearly fell, and there was nothing to hang on to in the whole moving world.

He gave one last despairing gaze around.

And then he saw it. Leaning crookedly out of the sea, dimly dark against the moving waves.

The watchtower[6]. The second watchtower. He remembered, oddly, the writings scratched inside the walls of the

---

5 **The dog**　ハリーの遍歴がはじまったときから、ともに旅をしてきた犬Donドンのことで、空襲で家を失うという共通体験をもっている。
6 **The watchtower**　満潮時に渡りきることのできなかった人のために設置されているrefuge（避難所、p.75写真⑩）

first wachtower. 'Caught again', 'A bitter cold night'.

The tower was a refuge for people trapped by the tide. Before it became really clear in his mind, he was floundering towards it.

The waves were up to his knees now, really pushing him away towards the left. There were deeper bits, where the water sloshed up, freezing him between his legs, freezing him up so he had no feeling. He had to keep looking for the watchtower, because the waves were pushing him off course. And all the time the dog was alongside, barking joyously, thinking it was another game. He fell full-length, hauled himself back upright with a choking scream, fell again, and the waves rolled over him. Scrambling, crawling, underwater, then a lungful of air that ended in water again. But the tower was looming up . . .

A huge wave, that drove the dog sideways into him, so they went down in a flailing tangle. Up, breathing, screaming, gargling, drowning . . .

And then something hard and solid banged against his head. He grabbed, and he had it. Worked sideways towards the bottom of the ladder, hanging on like a limpet as the waves hit him.

Foot of the ladder, climb, climb. His soaking clothes dragged him back, his gear was like a heavy hand on his shoulders.

He pushed open the door, and collapsed inside. He waited for the dog to arrive, and land on top of him. No dog. Still no dog.

He swung round and looked down. In the darkness, he could see the dog's head, and only the dog's head, at the bottom of the ladder. It wasn't standing any more; it was swimming now. As he looked, a wave swept the head away to one side. He screamed.

'Don!'

Then he saw the dog, in between waves, trying to swim back. Why hadn't it climbed the ladder after him?

And then he realized; the ladder was too steep; the rungs were rusted away too thin. No way could a big dog like Don climb it, especially from swimming in the sea.

Don was going to drown. He was a good swimmer, but he was too far from land. And the waves were big . . . and the dog wouldn't leave him to save itself. It was being killed by its own faithfulness.

Something inside him snapped. The dog was the other half of him. The dog was the last person he had left. Without the dog the world would be . . . empty.

You shan't have him! You shan't have him as well! Or you might as well have me too! Screaming swear-words at he knew not what, he threw off the burden on his back and went pell-mell[7] down the ladder, into the sea. It was deep, now. It came up to his shoulders; its cold, entering the coldness of his own body, flooded him, took all his breath away. But when he opened his eyes, he saw the head of the dog, swimming up to him again, just a dark blob with two depressed ears, against the low glow of the breaking surf.

He grabbed its collar, and the ladder doubly hard, as he felt the muscular swell of the next wave coming in to hit them. He thought his arms had been pulled off his body, but when the wave passed, the dog was still close to him, its hair floating queerly in the water, tickling his hand.

'Up, boy.' He heaved the dog at the ladder. It scrabbled at the thin iron rung with its front feet, not able to get a

---

7　**pell-mell**「あわてふためいて」ウェストールは、この語のようなやや古めかしい言葉を効果的に使うことで、ハリーの心中の混乱をうまく表現している。

grip.

He knew there was only one thing to do, and he did it without thinking. He took a breath, ducked under water, got his shoulder under the dog's broad haunch and heaved.

By the time the next wave hit him, he was standing upright on the sand with both hands on the ladder, and the dog, an incredible weight, was standing on his shoulder, clear of the water.

It scrabbled above him. But it couldn't get any higher. As the next wave came, he put one foot on the ladder, and tried a step up.

The lifting power of the wave did it. His leg muscles screamed with pain, but he made the step up.

Waiting for the next big wave, timing it just right, he made another step up. And a third.

But with every step up, the lifting-power of the waves decreased. He stuck on the third step. He couldn't make the fourth. His hands were going numb with cold, he couldn't feel his legs.

He felt the huge wave coming. It must be two steps this time or nothing. That was all he was ever going to be able to manage.

It was a very huge wave. Spluttering like a maniac, he managed one, two, then, incredibly three. It was impossible, but he did it. The next second, he felt a tremendous convulsive kick from the dog's hind legs. Then no weight at all . . . And he knew he'd failed, and could never do it again. Don, Don! He hung on, blinded by sea-water, not wanting to do anything ever again. Let go. Let the sea take you. No more trying, no more pain.

Then a burst of barking hit his ears, as the sea-water drained from them. He looked up, and the dog's head was sticking out of the open door . . .

It was quite easy after that. He only had to rest between every step he took.

It was no so bad. The two blankets in the middle of his bedroll were only damp. He stripped and rubbed himself down with them, then wrapped them round himself. He would have liked to rub the dog down, too, but there was nothing else left dry to do it with. There were nails knocked in the walls of the hut, and he wrung out his clothes and hung them to dry. Some hope!

For the sea was still rising, climbing the rungs of the ladder, one by one, inexorably. He wondered, quite calmly, if the tide ever rose so high, the wave ever grew so wild, that the refuge on top was entirely submerged. If so, there was nothing he could do about it.

And the sea sent its messengers before it. The very air he breathed was full of salty spray, so that he breathed a mixture of air and water, half boy, half fish. And the bigness of the sea overwhelmed him; the bigness of the sound of it. The land seemed so far away, it was nowhere. Nothing but sea. The sound of the waves did not soothe him. The sea had tried to kill him. Might still kill him. Meanwhile, he watched it.

In the end, with bitter satisfaction, he watched it lose its force, like a beaten army, and start to retreat, rung by rung. Only then did he curl up in the two blankets and fall asleep.

Sunlight wakened him, falling in through the half-open door on to his face. He tried getting up, and could hardly move, he was so cut and bruised and stiff. He peered out at his enemy.

The enemy was nowhere to be seen. Nothing but flat sand, steaming gently in the sun. Seaweed. Feeding gulls. A mottled duck leading her mottled chicks to drink at a stream of fresh water that flowed across the sands.

He realized how thirsty he was. But he'd have to get dressed first; those thin rusty ladder rungs would cut his bare feet to ribbons.

As they must have cut Don's paw last night. The dog was lying looking at him, still half-soaked, its fur in great wet lumps. It was licking its paw, and red blood showed.

Jesus, he'd got Don up last night. How on earth was he going to get him down? The sand looked dizzying miles away . . .

Shivering, he dragged on his damp clothes.

It was only then that he realized the precious attaché case[8] had gone.

He didn't even remember dropping it, in the fight against drowning. All the insurance policies, and all the ration books, and the little bottle of brandy. The last of Mam and Dad and Dulcie[9]. And Dad's watch, that he only wore for best . . .

Still, he was thirsty, so he climbed down and had a drink. It was such a calm, warm, lovely morning . . . but for once the lovely morning didn't work. He just kept thinking about the attaché case and feeling totally guilty and miserable.

Don barked at him, hopelessly, absurdly, from the door of the watchtower. How *was* he going to get him down?

And yet that solved itself so easily. A man with a horse and cart, coming across the sands.

'Hey, kid, what's that dog doing up there?'

'He's my dog. We got caught by the tide last night.'

8　the precious attaché case　空襲時に唯一持ち出すことのできた貴重品の入っているカバンで、ハリーと家族とのつながりを意味するものでもある。
9　Dulcie　妹の名前。

'Want me to fetch him down for you?'

'Please'

He was a huge man. The biggest man Harry had ever seen. He just climbed up the ladder, spoke to the dog, heaved him over his shoulder, and climbed down with him. On his shoulder, Don didn't look much bigger than a fox-terrier.

'You wanta[10] get that dog's paw seen to. It's a bad cut.'

Then he was off across the sands again.

A miracle[11]. But it didn't make Harry feel any better. He began to worry about getting Don to a vet. Felt for the banknotes he always carried in the right-hand pocket of his raincoat . . .

A shapeless sodden wad of green paper, that he had to squeeze the water out of. He tried to peel off a note, and it began to tear.

He didn't even feel like crying. He was beyond crying. He didn't feel he had any tears left in him. He didn't feel he had any blood left in him.

But they had to get ashore. The man had told him he only had an hour.

Half-way to the shore, he saw something brown and square in the middle of a rock-pool. It couldn't possibly be . . . But it was. The attaché case. It was a morning for miracles. But strangely, that didn't make him feel any better either. The miracles were coming too late. Especially as, when he picked up the attaché case, it was far too heavy and deluged water out of the corners.

Inside, everything was sodden, ruined. But he wearily picked it up and plodded on.

10　**wanta**　want to の省略形。
11　**A miracle**　キリスト教でいう「奇跡」とは、違った思いを含んで使われている。手放しでは喜べないなかの「奇跡」

They reached the land. They went as far as the main road. But Don was limping worse and worse, so they went and sat down on the grass by the roadside. He got Don to show him his paw. The dog was very reluctant. The gash was still bleeding, and full of sand, muck and little stones. Don wouldn't let him take the stones out; it must hurt too much.

So they just went on sitting and sitting. While the tide came in, and began to go out again.

Harry just felt that his own personal tide had gone out forever. It was never coming back. It was all no good. He had fought and schemed and walked and gathered sea-coal all these weeks, and now they were worse off than ever. It was no good trying any more. No matter how hard you fought everything just went wrong in the end. The chip shop at Tynemouth, the stay with Joseph, Artie, his own little pillbox, Lindisfarne, the further shore. All ... useless[12]. Look at Ada's mother, all that adventure and cheerfulness and flying and climbing mountains, and now she was just a fat old lady falling downstairs and waiting to die.

Everybody died in the end. He wished they'd drowned last night. By now, all his troubles would be over ...

Even the airman's marvellous watch had stopped, the water-glass dewed with droplets.

With that thought in his mind, he fell asleep.

He never noticed the man.

The man[13] had been noticing him for some time. He was in a tiny Austin Seven[14]. He had passed once, and seen Harry sitting there. When he passed again, an hour later, Harry was still sitting in the same place.

---

12 All ... useless　これまでの遍歴の苦労を順に思い出して並べた上で"... useless"とあるので、ハリーの苦い思いがよく伝わる。
13 The man　この男のひとの出会いで、物語が新たな展開になる。
14 Austin Seven　イギリス産の車の名前。

The man took much more interest this time.

The third time the man drove past, Harry was lying on the grass verge asleep. And Don was sitting holding up his bloody paw helplessly, and watching the passing traffic.

The man drove past Harry.

Then stopped his car with a tiny squeal of brakes. He seemed to sit for a long time, hands on the wheel; as if he was having an inner argument with himself. Then he banged his hands on the steering wheel, as if he'd made up his mind to do something. Then he backed the car slowly to where Harry was lying. And got out.

The Night Out

The Haunting of Chas McGill and Other Stories.1983 より

Me and Carpet were just finishing a game of pool[1], working out how to pinch another game before the kids who'd booked next, when Maniac comes across.

Maniac was playing at Hell's Angels[2] again. Home-made swastikas[3] all over his leathers and beer-mats sewn all over his jeans. Maniac plays at everything, even biking. Don't know how we put up with him, but he hangs on. Bike Club's a tolerant lot.

'Geronimo says do you want to go camping tonight?'

From *Demons and Shadows* by Robert Westall
Copyright ©1993 by Macmillan children's Books, 1999
Reprinted in English by permission of The Estate of Robert Westall in care of Laura Cecil Literary Agency, London, through Tuttle-Mori Agency, Inc., Tokyo

短編の名手ウェストールの数多い作品のなかから、一編を選ぶのは至難であった。この「夜あそび」"The Night Out"は、バイクに乗ってやりたい放題のことをやってのけるいわゆる暴走族のCarpet、Maniac、Geronimoと語り手のMeの4人組の一夜の出来事を、Meの語りで若者言葉を駆使して生き生きと再現している。その後、その中の一人が事故死し、その葬儀の様子が語られ、4人組が解体し、Meがもうバイクに乗らないと決心して最後のツーリングに出かける場面で物語は閉じられる。「少年が大人になるとき」を凝縮している物語で結末の一行が決まっている。俗語や辞書に掲載されていない英語が頻出しているが、それが、非常に効果をあげており、前後関係から推測もできるので、それらにひっかかることなく、読み進んでいってほしい。（初出：*Love You, Hate You, Just Don't Know*, 1980）

1 a game of pool　数人が組んで、それぞれ色の違う玉を持って競う、賭け玉突きのこと。
2 Hell's Angels　1950年代、アメリカのカリフォルニア州で、同じジャンパーを着てバイクに乗り無軌道ぶりを発揮した若者の集団の呼び名である。その呼び名が「暴走族」と同じ意味に転用されて使われるようになった。
3 swastikas　ナチドイツの紋章のかぎ十字。このManiacの格好は、典型的な暴走族の出で立ち。

chirps Maniac.

'Pull the other one,' says Carpet. 'Cos the last we seen of Geronimo, he was pinching forks and spoons out of the Club canteen to stuff up Maniac's exhaust[4]. So that when Maniac revved up[5], he'd think his big end[6] had gone. Maniac always worries about his big end; always worries about everything. Some biker[7].

I'd better explain all these nicknames, before you think I'm potty. Geronimo's name is really Weston; which becomes Western; which becomes Indian chief; which becomes Geronimo. Carpet's real name is Matt; but he says when he was called Matt everybody trampled on him. Some chance. Carpet's a big hard kid; but he'd always help out a mate in trouble. Maniac's really called Casey equals crazy equals Maniac. Got it?

Anyway, Geronimo himself comes over laughing, having just fastened the Club secretary to his chair by the backbuckles of his leathers, and everyone's pissing themselves laughing[8], except the secretary who hasn't noticed yet . . .

'You game?' asks Geronimo.

I was game[9]. There was nowt[10] else going on except ten kids doing an all-male tribal dance right in front of the main amplifier of the disco. The rest had reached the stage where

---

4 exhaust　排気ガス装置
5 revved up　revは「エンジンの回転速度をあげる」
6 big end　エンジンの連結棒のクランク側の端にある「大端部」
7 **Some biker**　このSomeの用法は、Some chance（12行目）やSome treat（p. 109下から2行目）と繰り返し使われている。
8 **pissing themselves laughing**　piss oneself は「小便をちびるほど笑う」の意で、pissは「小便をする」の俗語である。禁句とされている言葉であるが、この4人組は、禁句を駆使して冗談をいいあいまわりの人々から顰蹙をかうのを楽しんでいる。
9 game　「元気がある」の意。
10 nowt　nothingの地方語で、北イングランドで使われる。

the big joke was to pour somebody's pint into somebody else's crash-helmet. Besides, it was a privilege to go anywhere with Geronimo; he could pull laughs out of the air.

'Half an hour; Sparwick chippie[11],' said Geronimo, and we all made tracks for home. I managed seventy up the main street, watching for fuzz[12] having a crafty fag[13] in shop doorways. But there was nobody about except middle-aged guys in dirty raincoats staring in the windows of telly-shops. What's middle age a punishment for? Is there no cure?

At home, I went straight to my room and got my tent and sleeping-bag. Don't know why I bothered. As far as Geronimo was concerned, a tent was just for letting down the guy-ropes of, on wet nights. And a sleeping-bag was for jumping on, once somebody got into it. I raided the larder[14] and found the usual baked beans and hot dogs. My parents didn't eat either. They bought them for me camping, on condition that I didn't nick tomorrow's lunch.

Stuck me head in the lounge. Dad had his head stuck in the telly[15], worrying about the plight of the Vietnamese boat-refugees. Some treat[16], after a hard week's work!

'Going camping. Seeya in morning'

---

11 **chippie** chippieは俗語で、fish and chipsのこと。イギリスの大衆的なファースト・フードの店で、主に、魚のフライとフライドポテトの盛り合わせを販売している。
12 **fuzz**「サツ」俗語で警官のこと。
13 **a crafty fag** これも俗語で「巻きタバコ」
14 **the larder**「食料貯蔵室」電気冷蔵庫のない時代には、冷暗所（階段の下など）にある食料をおいてある場所はお腹をすかせた子どもたちを惹きつけた。現代でも缶詰や乾物もの、お茶やクッキーなどが保管されている。
15 **telly** televisionの略語で、イギリスで使われる。
16 **Some treat** ここでのsomeには、父親がきびしい仕事を終えてほっとテレビをみることをtreat（楽しみ）としている様子と番組がベトナム難民の苦境を報じていることからくる違和感を、若者の繊細な感覚でとらえ、someという言葉をつけることでその感じがうまく表現されている。

'Don't forget your key. I'm not getting up for you in the middle of the night if it starts raining.'

Which really meant I love you and take care not to break your silly neck' cos I know what you're going to get up to. But he'd never say it, 'cos I've got him well trained. Me mum made a worried kind of grab at the air, so I slammed down the visor of me helmet and went, yelling 'Seeya in morning' again to drown her protests before she made them.

Moon was up, all the way to Sparwick chippie. Making the trees all silver down one side. Felt great, 'cos we were *going* somewhere. Didn't know where, but s*omewhere.* Astronaut to Saturn, with Carpet and Geronimo . . . and Maniac? Well, nobody expected life to be perfect . . .

Carpet was there already. 'What you got?' he said, slapping my top-box.

'Beans an' hot dogs. What you got?'

'Hot dog an' beans.'

'Crap![17]'

'Even that would make a change.'

'No, it wouldn't. We have that all week at the works canteen.'

We sat side by side, revving up, watching the old grannies[18] in their curlers and carpet-slippers coming out of the chippie clutching their hot greasy packets to their boobs like they were babies, and yakking on about who's got cancer now.

'If I reach fifty, I'm goin' to commit suicide,' said Carpet.

---

17 **Crap** これも俗語で「うんこ、くそ」の意であるが、間投詞的に「ばか！」「くそっ！」のような使い方をする。
18 **the old grannies** ここでのthe old granniesの描写には、若者からみた中年以上の女性に対する典型的な見方が表現されている。

'Forty'll do me.'

'Way you ride, you won't reach twenty.[19]'

Maniac rode up, sounding like a trade-in sewing-machine. He immediately got off and started revving his bike, with his helmet shoved against his rear forks.

'What's up?'

'Funny noise.'

'No funnier than usual,' said Carpet. But he took his

helmet off and got Maniac to rev her again, and immediately spotted it was the tins in Maniac's top-box that were making the rattling. 'Bad case of Heinz[20]', he muttered to me, but he said to Maniac, 'Sounds like piston-slap. We'd better get the cylinder-head off . . .'

Maniac turned as white as a sheet in the light from the chippie, but he started getting his tool kit out, 'cos he knew Carpet knew bikes.

Just as well Geronimo turned up then. Carpet's crazy; he'd sooner strip a bike than a bird . . .

'Where to then?' said Geronimo.

Nobody had a clue. Everybody had the same old ideas and got howled down. It's like that sometimes. We get stuck for a place to go. Then Maniac and Carpet started arguing about Jap bikes versus British, and you can't sink lower than that. In a minute they'd start eating their beans straight from the tins, tipping them up like cans of lager. Once the grub was gone, there'd be no point to going anywhere, and I'd be home before midnight and Dad would say was it morning already how time flies and all that middle-aged smartycrap[21].

---

19 **you won't reach twenty** 「20歳まで生きられないぞ」というここでの他愛ない会話が後の物語の予兆のような役割をはたしている。
20 **Heinz** ハインツは世界的な食品会社の社名で、多くの缶詰を販売している。
21 **smartycrap** 「わかったようなことを言いやがって」smartyはsmart alec(k)の略で「うぬぼれの強い」、crapはここでは「たわごと」の意。

And Geronimo had lost interest in us and was watching the cars going past down the main road. If something interesting came past worth burning off, like a Lamborghini or even a Jag XJ12[22], we wouldn't see him again for the rest of the night.

So I said I knew where there was a haunted abbey[23]. I felt a bit of a rat, 'cos that abbey was a big thing with Dad. He was a mate of the guy who owned it and he'd taken me all over it and it was a fascinating place and God knew what Geronimo would do to it . . . But we'd got to go somewhere.

'What's it haunted by?' Geronimo put his helmet against mine, so his voice boomed. But he was interested.

'A nun. There was a kid riding past one night, and this tart all clad in white steps out right under his front wheel and he claps his anchors on[24] but he goes straight into her and arse[25] over tip. Ruins his enamel. But when he went back there was nothing there.'

'Bollocks[26],' said Geronimo. 'But I'll go for the sex-interest. What's a nun doing in an *abbey*?' He was no fool, Geronimo. He could tell a Carmelite from a camshaft[27] when

---

22　**a Lamborghini or even a Jag XJ12**　Lamborghini（ランボルギーニ）も、Jagも車の社名。Jagはジャガー社製のスポーツカーの俗語

23　**a haunted abbey**　「幽霊の出る修道院」hauntedは、「幽霊のよく出る」の意で、ウェストールは、過去にいきた人々が、ある場所にとりついて、何も知らない少年の前などに出現する物語を数多く制作している。

24　**he claps his anchors on**　「急ブレーキをかけた」anchorsはブレーキの英俗語。

25　**arse**　「（英俗）めちゃくちゃにする」

26　**Bollocks**　「つまんねぇ」ほどの意味か。bollockは「（英俗）文句をいう」の意味がある。

27　**tell a Carmelite from a camshaft**　Carmelite「カルメル会修道士」camshaft「カム軸」カルメル会は戒律が厳しいことで知られており、修道会にいる尼僧が幽霊になって出るという話に性的なものを感じ取っていることを、頭韻を踏む2語を使って面白い言い回しが表現している。tell O1 from O2「人がO1とO2の識別ができる」

he had to.

'Ride along,' he said, and took off with me on his shoulder, which is great, like fighter-pilots in the war. And I watched the street-lights sliding curved across his black helmet, and the way he changed gear smart as a whip. He got his acceleration with a long hard burst in second.

I found them the abbey gate and opened it and left it for Maniac to close. 'Quiet - there's people living here.'

'Throttle-down,' said Geronimo.

But Maniac started going on about the abbey being private property and trespass; a real hero[28].

'Have a good trip home,' said Geronimo. 'Please drive carefully.'

Maniac flinched like Geronimo'd hit him. Then mumbled, 'OK. Hang on a minute, then.'

Everybody groaned. Maniac was a big drinker, you see. Shandy-bitter. Lemonade. He'd never breathalyse in a million years. But it made him burp all the time, like a clapped-out Norton Commando[29]. And he was always having to stop and go behind hedges. Only he was scared to stop, in case we shot off without him. That time, we let him get started, and *went*. Laughing so we could hardly ride, 'cos he'd be pissing all over his bulled-up boots[30] in a panic.

It was a hell of a ride, 'cos the guy who owned the abbey kept his drive all rutted, to discourage people like us. Geronimo went up on his foot-rests like a jockey, back straight as a ruler. Nobody could ride like Geronimo; even my Dad

---

28 **a real hero**　「たいした英雄だ」は、もちろん、反語的な言い方。
29 **Norton Commando**　Norton Commnado バイクの名前？
30 **bulled-up boots**　bullには「はったりをかける」意があるので、ブーツを履いて格好をつけているのに、小便をするたびにブーツを濡らしてしまう、とからかっている。

said he rode like an Apache[31].

It was like scrambling; just Geronimo's straight back and the tunnel of trees ahead, white in the light of Geronimo's quartz-halogen, and the shining red eyes of rabbits and foxes staring out at us, then shooting off. And our three engines so quiet, and Maniac far behind, revving up like mad, trying to catch up. I wished it could go on forever till a sheet of water[32] shot up inside my leathers, so cold I forgot if I was male or female . . .

Geronimo had found a rut full of water, and soaked me beautifully. He was staring back at me, laughing through his visor. And here was another rut coming up. Oh, hell[33] - it was lucky I always cleaned my bike on Saturday mornings. Anyway, he soaked me five times, but I soaked him once, and I got Carpet twice. And Maniac caught up; and then fell off when Carpet got *him*. And then we were at the abbey.

A great stretch of moonlit grass, sweeping down to the river. And the part the monks used to ive in, which was now a stately home, away on the rght all massive and black, except where our lights shone on hundreds and hundreds of windows. And the part that used to be the abbey church was on the left. Henry the Eighth[34] made them pull that all down, so there was nothing left but low walls, and the bases of columns sticking out of the turf about as high as park benches, like black rotten teeth. And at the far end of that

---

31　like an Apache　「アパッチ族のように」アパッチ族の有名な酋長の名前がGeronimoで、Geronimoのニックネームの由来である。
32　a sheet of water　「浅い水たまり」
33　hell　怒りや不満などを表す下品な男性語hell（「くそっ」）は「地獄」の意味もあり、死に関連する用語でもある。
34　Henry the Eighth　「ヘンリー八世」イングランドの王（1509-47）で6人の妻がいたことや、カトリック修道院の財産を没収したり弾圧したことで知られている。

was a tall stone cross.

'That's the Nun's Grave,' I said. 'But it's not really. Just some old bits and pieces of the abbey that they found in the eighteenth century and put together to make a good story . . .'

'Big'ead[35],' said Geronimo. 'Let's have a look.' He climbed on to the base of the first column; and, waving his arms about, leapt for the base of the second column. Screaming like a banshee[36]. 'IAAAAAMM the Flying Nun[37].' It was a fantastic leap; about twelve feet. He made it, though his boots scraped heavily on the sandstone blocks. I shuddered, and looked towards the house. Luckily, there wasn't a light showing. Country people went to bed early. I hoped.

'I AAAAAAAAMMM the Flying Nun,' wailed Geronimo, 'and I'm in LOOOOOOVE with the Flying Abbot. But I'm cheating on him with the Flying Doctor.'

He attempted another death-defying leap, missed his footing, and nearly ruined his married future.

'Amendment,' said Carpet. 'He *was* the Flying Nun.'

'Never fear. The Flying Nun will fly again,' croaked Geronimo from the grass. His helmet appeared to have turned back-to-front, and he was holding his crotch painfully.

'Amendment,' said Carpet. 'The Flying Soprano will fly again.'

We were all so busy falling about (even Maniac had stopped worrying about trespass) that we didn't see the

---

35 **Big'ead** Bigheadの略で、「大げさになるのさ」ぐらいの意。
36 **banshee** アイルランドの女の妖精で、家族の誰かが死ぬときだけ泣いて予告するといわれている。(『妖精事典』冨山房, 1992参照)
37 **the Flying Nun** 墓石から墓石に飛び移るときに、the Flying Nun と叫び、それが the Flying Abbot (the Flying bishopは歴史上実際にいた)、the Flying doctor (飛行機で往診する医師も実在する) と言葉の連想が続いていく。

bloke at first. But there he was, standing in the shadow of his great house, screaming like a nut-case.

'Hooligans! Vandals![38]' Sounded like he was having a real fit.

'Is that that mate of yours?' Carpet asked me.

'Mate of my Dad's,' I said.

'Your Dad knows some funny people. Is he an out-patient, or has he climbed over the wall?' Carpet turned to the distant raging figure and amiably pointed the two fingers of scorn[39].

He shouldn't have done that. Next second, a huge four-legged shape came tearing towards us over the grass. Doing a ton[40] with its jaws wide open and its rotten great fangs shining in the moonlight. It didn't make a sound; not like an ordinary dog. And the little figure by the house was shouting things like, 'Kill, kill, kill!' He didn't seem at all like the guy I met when my Dad took me round the house . . .

Maniac turned and scarpered. Geronimo was still lying on the grass trying to get his helmet straight. And the rotten great dog was making straight at him. I couldn't move.

But Carpet did. He ran and straddled over Geronimo. Braced himself, and he was a big lad; there was thirteen stone of him[41].

The dog leapt, like they do in the movies. Carpet thrust

---

38 **Hooligans! Vandals!** フーリガンとは、公共の場、特にサッカーの試合であばれる乱暴な若者。バンダル族は 4 – 5 世紀にガリア・ローマなどを略奪したゲルマン民族から、公共物や私有財産などを破壊する心ない輩に使う。
39 **pointed the two fingers of scorn** 「軽蔑するような V サイン」
40 **a ton** 「(英略式) 時速100マイル」
41 **thirteen stone of him** ストーンは、重量の単位で体重に使う。1 ストーンは 14ポンド (約6.35kg) なので、13ストーンは、約80キロ。

his gauntleted[42] first right up its throat. Carpet rocked, but he didn't fall. The dog was chewing on his glove like mad, studs and all.

'Naughty, doggy,' said Carpet reprovingly, and gave it a terrific clout over the ear with his other hand.

Two more clouts and the dog stopped chewing. Three, and it let go. Then Carpet kicked it in the ribs. Sounded like the big bass drum.

'Heel, Fido![43]' said Carpet.

The dog went for Geronimo, who was staggering to his feet; and got Carpet's boot again. It fell back, whimpering.

The next second, a tiny figure was flailing at Carpet. 'Leave my dog *alone*. How *dare* you hit my dog. I'll have the RSPCA[44] on you - that's all you hooligans are good for, mistreating dogs.' He was literally foaming at the mouth. 'I don't know what this country's coming to . . .'

It's going to the dogs,' said Carpet. He pushed the man gently away with one great hand, and held him at arm's length. 'Look, mate,' he said sadly, wagging one finger of a well-chewed gauntle, ' take the Hound of the Baskervilles[45]home. It's time for his Meaty Chunks[46] . . .'

'I am going,' spluttered the little guy, 'to call the police.'
'I would, mate,' said Carpet. 'There's a highly dangerous dog loose round here somewhere . . .'

42　**gauntleted**　「(中世の甲冑のこてのような) 長手袋をつけた」イギリスにおいて侵入者にwatch dog をけしかけるのは、セキュリティ対策としては、一般的に行われている。
43　**Heel, Fido!**　ファイドーFidoは、よくある犬の名前で、犬に「こっちにこい！」と命令している。
44　**RSPCA**　Royal Society for the Prevention of Cruelty to Animals (動物愛護協会) の略。
45　**the Hound of the Baskervilles**　「バスカビル家の犬」は、コナン・ドイルの名探偵シャーロック・ホームズものの中でもその代表作(1902) である。
46　**Meaty Chunks**　犬のえさのこと。「肉の塊」

The pair of them slunk off. Maniac returned from the nearest bushes to the sound of cheers. Geronimo slapped Carpet on the shoulder and said 'Thanks, mate,' in a voice that had me green with envy[47]. And we all buggered off. After we had ridden three times round the house for luck. Including the steps in the formal garden.

'There's another way out,' I said, 'at the far end.'

The far drive seemed to go on forever. Or was it that we were riding slowly, because Carpet was having trouble changing gear with his right hand. I think the dog had hurt him right through the glove; but that was not something Carpet would ever admit.

Just before we went out through the great gates, with stone eagles on their gateposts, we passed a white Hillman Imp[48], parked on the right well off the road, under the big horse-chestnut trees of the avenue. It seemed empty as we passed, though, oddly enough, it had its sunshields down, which was a funny thing to happen at midnight.

Outside, Geronimo held up his right hand, US Cavalry-fashion, and we all stopped.

'Back,' said Geronimo. 'Lights out. Throttle down. Quiet.'

'What?'

But he was gone back inside. All we could do was follow. It was lucky the moon was out when he stopped. Or we'd all have driven over him and flattened him.

'*What*?' we all said again.

But he just said, 'Push your bikes.'

We all pushed our bikes, swearing at him.

47　**green with envy**「ひどく羨んで」greenには、「青ざめる」のほかに「羨んで」の意もある。

48　**Hillman Imp**　車の名前で、1970年代前後に約50万台生産されたコンパクトなセダン。Impは、妖精で「小悪魔」

'Quiet!'

The white Hillman glimmered up in the moonlight.

'Thought so,' said Geronimo. A white arm appeared for a moment behind the steering wheel and vanished again.

Maniac sniggered.

'You can't *do* it,' said Carpet. 'Not in a Hillman Imp!'

'You have a wide experience of Hillman Imps?' asked Geronimo.

'Let's stay and watch,' said Maniac.

Carpet and I looked at Geronimo uneasily.

'What do you think *I* am?' said Geronimo, crushing Maniac like he was a beetle. 'Mount up, lads. Right. Lights, sound, music, enter the villain.'

Four headlamps, three of them quartsz-halogen, coned in on the Imp. I noticed it was L-reg[49]. It shone like day, but for a long moment nothing else happened.

Then a head appeared; a bald head, with beady eyes and a rat-trap mouth. Followed by a naked chest, hairy as a chimpanzee. The eyes glared; a large fist was raised and shaken.

'Switch off,' said Geronimo. 'And *quiet*.'

We sat and listened. There was the mother and father of[50] a row going on inside the Imp.

'Drive me *home*!'

'It was nothing. Just a car passing. They've gone now.'

We waited; the voices got lower and lower. Silence.

'Start your engines,' said Geronimo. '*Quietly*.'

'What for?' asked Maniac plaintively.

'You'll see,' said Geronimo, and laughed with pure delight.

He and Carpet and me had electric starter-motors; which of course started us quietly, first press of the button. Good

---

49 **L-reg** regは自動車の登録番号で、L-は、仮免許運転者（learner）の意。
50 **the mother and father of** 成句で「とてつもない」「とびきりの」の意がある。

old Jap-crap[51]. Maniac, buying British and best, had to kick his over and over again.

'I'm going to buy you a new flint for that thing,' said Carpet.

Maniac's bike started at last.

'Lights,' said Geronimo.

There was a wild scream; then an even wilder burst of swearing. The bald head reappeared. The car-lights came on; its engine started and revved.

'*Move*!' shouted Geronimo, curving his bike away between the tree trunks.

'Why?' yelled Maniac.

'He'll never live to see twenty,' said Carpet, as we turned together through the branches, neat as a pair of performing dolphins.

Then the Imp was after us, screeching and roaring in second gear fit to blow a gasket[52].

We went out of those gates like Agostini[53], down through the slumbering hamlet of Blackdore and up towards the moors. We were all riding four-hundreds[54], and we could have lost the Imp in ten seconds. But it was more fun to dawdle at seventy, watching the Imp trying to catch up. God, it was cornering like a lunatic, right over on the wrong side of the road. Another outpatient got over the wall. Even more than most motorists, that is.

And old Maniac was not keeping up. That bloody British

---

51 **Good old Jap-crap** 日本製のバイクの性能のよさをイギリス製のものと比較している。
52 **to blow a gasket** 「(俗) 怒りを爆発させる」
53 **Agostini** アゴスティーニは、イタリアのオートバイレーサーで、500ccクラス (1966-72,1975)、350ccクラス (1968-74) の世界チャンピオン。
54 **riding four-hundreds** もともとは1890年ころのニューヨーク市に名士が400人いるということから、上流の人々をさすのに使った用語であるが、ここでは「オレらのバイクは400マイルのスピードが出せる」というほどの意か。

bike of his; that clapped-out old Tiger[55] was missing on one rotten cylinder.

He was lagging further and further behind. The Imp's lights seemed to be drawing alongside his. He was riding badly, cowering against the hedge, not leaving himself enough room to get a good line into his corners. I knew how he'd be feeling; mouth dry as brickdust; knees and hands shaking almost beyond control.

Then the Imp did draw alongside, and made a tremendous side-swipe at him, trying to knock him off into the hedge at seventy. The guy in the Imp was trying to kill Maniac. And there was nothing we could do. I pulled alongside Carpet and pointed behind. But Carpet had seen already and didn't know what to do either.

Then Geronimo noticed. Throttled back, waved us through. In my rear-view mirror I watched him drop further and further back, until he seemed just in front of the Imp's bumper. Up went his two fingers. Again and again. He put his thumb to his nose and waggled his fingers[56]. I swear he did - I saw them in silhouette against the Imp's lights; though afterwards Carpet made out I couldn't have done and that it was something I made up[57].

At last, the Imp took notice; forgot Maniac cowering and limping beside the hedge, and came after Geronimo.

'Out to the left,' gestured Carpet, and we shot off down a side road, turned and came back behind the lunatic's car.

So we saw it all in comfort. Oh, Geronimo could have walked away from him; Geronimo could do a hundred and ten[58] if he liked. But just as he was going to, he saw this

---

55　clapped-out old Tiger　「疲れ果てた老いぼれのトラ」Maniacのイギリス製のバイクを指す。
56　He put his thumb to 〜 his fingers　相手を軽蔑するしぐさで、挑発している。
57　something I made up　「でっちあげたこと」
58　a hundred and ten　「110マイルの猛スピードでも走れたのに」

riding school in a field on the left, on the outskirts of the next village, Chelbury. You know the kind of place - all whitepainted oil drums[59] and red-and-white striped poles where little female toffs try to learn to show-jump[60].

In went Geronimo. Round and round went Geronimo. Round the barrels, under the poles. And round and round went the Imp. Into the barrels and smashing the poles to smithereens. He couldn't drive for toffee[61]-like a mad bull in a china shop and Geronimo the bull-fighter. *Boing, boing, boing* went the drums. Splinter, splinter splinter in the moonlight went the poles.

Geronimo could have gone on forever. But lights were coming on in the houses; curtains being pulled back on the finest display of trick-riding the villagers of Chelbury will ever see - not that they'd have the sense to appreciate it.

Just as Maniac turned up, minus a bit of paint, we heard the siren of the cop-car. Some toffee-nosed gent[62] had been on the phone.

Of course the cop-car, bumping across the grass through the shambles, made straight for Geronimo; the fuzz always blame the motorcyclist and the Imp had stopped its murder attempts by that time.

'You young lunatic,' said the fuzz getting out, 'you've caused damage worth thousands . . .'

Geronimo gestured at his bike, which hadn't a scratch on it in the cop-car's headlights. Then he nodded at the Imp, which had four feet of striped pole stuck inside its front

---

59　**oil drums**「めかしもの」馬術の練習は、通常、裕福な階層が行うので、次行のtoffにも「めかしもの」の意味がある。
60　**show-jump**「障害飛越」
61　**He couldn't drive for toffee**　for toffeeは「(英俗、can'tを伴って) まったく～できない」で、ここでは、Impの運転手がめちゃくちゃな運転をしていることをいっている。
62　**Some toffee-nosed gent**「(英俗) 気取った男」

bumper.

Then the fuzz noticed that the guy at the wheel was completely starkers[63]. And that there was a long-haired blonde on the back seat trying to put her jumper on inside-out and back-to-front. The fuzz kept losing his grip on the situation every time the blonde wriggled. Well, they're human too. All very enjoyable ...

We got back to Carpet's place about seven, still laughing so much we were wobbling all over the road. We always end up at Carpet's place after a night out. It's a nice little detached bungalow on top of a hill. And we always weave round and round Carpet's Dad's crazy-paving, revving like mad. And Carpet's Mum always throws open the one upstairs window and leans out in her blue dressing gown, and asks what the hell we want. And Geronimo always asks innocent-like, 'This is the motorway café, isn't it?' And Carpet's Mum always calls him a cheeky young tyke[64], and comes down and lets us in and gives us cans of lager and meat pies while she does a great big fry-up[65] for breakfast. And we lie about till lunchtime with our boots on the furniture, giving her cheek, and she's loving it and laughing. I used to wonder why she put up with us, till I realized she was just that glad to have Carpet back alive.

And that was our night out.

On Monday night, when I got home from work, Dad took me in the front room alone. I knew something was up. Had the guy from the abbey rumbled us? But Dad gave me a whisky, and I knew it was worse.

63　starkers　「(英俗) 真っ裸の」
64　a cheeky young tyke　Carpetのお母さんは親愛の情をこめて「なまいきな若造」と呼んでいる。tykeは、いたずら小僧の意がある。
65　fry-up　フライパンで簡単な料理をつくること。

He told me Geronimo was dead; killed on his bike. I wouldn't believe it. No bastard motorist could ever get Geronimo.

Then he told me how it happened. On a bend, with six-foot stone walls either side. Geronimo was coming home from work in the dark. He'd have been tired. He was only doing fifty; on his proper side, two feet out from the kerb. The police could tell from the skid marks.

The car was only a lousy Morris Marina[66]. Overtaking on a blind corner. The driver didn't stop; but the other driver got his number. When the police breathalysed[67] him, he was pissed to the eyeballs[68].

I believed it then; and I cried.

We gave him a real biker's funeral. A hundred and seventy bikes followed him through the town, at ten miles an hour, two by two. I've never seen such disciplined riding. Nobody fell off; though a few of the lads burned their clutches out. We really pinned this town's ears back[69]. They know what bikers are now; bikers are t*ogether*.

The Pope[70] died about that time. The Pope only had twelve motorbike outriders; Geronimo had a hundred and seventy. If he met the Pope in some waiting-room or other up above, Geronimo would have pointed that out. But laughing, mind. He was always laughing, Geronimo.

Afterwards, we all went back to the Club and got the

66　a lousy Morris Marina　lousyは「シラミだらけの」の意味から「悪質な」、Morris Marinaは、1970年代に販売され、普及していたイギリス製の車
67　breathalysed　「体内アルコール分を測定した」
68　he was pissed to the eyeballs　「ぐでんぐでんに酔っ払っていた」
69　pinned this town's ears back　俗語で「注意して聞く」「人を打ち負かす」の意がある。ここでは、「みんなでこの町のやつらをウンといわせた」ほどの意。
70　The Pope　ローマ法王の葬儀と比較することで、若者の誇りと反体制的な立場を浮き彫りにしている。

drinks in. Then there was a bloody horrible silence; the lads were really down, like I've never seen them. It was terrible.

Then Fred, the Club secretary, gets to his feet and points at the pool table, where Geronimo used to sit, putting the players off their stroke by wriggling his backside.

'If he was standing there,' said Fred, 'if he could see you now, d'you know what he'd say? He'd say "What you being so piss-faced for, you stupid nerks?[71]"' And suddenly, though nobody saw or heard anything, he *was* there, and it was all right. And everybody was falling over themselves to tell Geronimo-stories and laughing.

We all went to the court-case too, all in our gear. The Clerk of the Court tried to have us thrown out; but one or two of us have got a few O-Levels[72], and enough sense to hire our own lawyer. Who told the Clerk of the Court where he got off[73]. We were all British citizens, of voting age, as good as anybody else. Har-har[74].

And the police proved everything against the driver of the Marina. He lost his licence, of course. Then the judge said six months' imprisonment.

Then he said sentence suspended for two years[75]...

Why? 'Cos he belonged to the same golf-club as the judge?' 'Cos he was middle-aged and big and fat with an expensive overcoat and a posh lawyer?

The lads gave a kind of growl. The Clerk was shaking so much he couldn't hold his papers. So was the Marina

---

71 **nerks**「(英略式) つまらぬやつ」
72 **O-Levels** Oはordinaryの略で、15-6歳で受験する中等学校終了程度のイギリスの大学進学国家試験。
73 **where he got off** Where he got off?「どこで降りるのか」の意なので、ここでは、どんな判断をするのかわかったものではないので弁護士をつけた。
74 **Har har** 擬音語で「そうだろう」と、念を押すように言っている。
75 **sentence suspended for two years**「二年間の執行猶予」

driver, who'd been whispering and grinning at his lawyer till then.

The Clerk began shouting for silence; going on about contempt of court. Fred got up. He's sixteen stone of pure muscle, and he's about forty-five with a grown-up son in the Club.

'Not contempt, your honour. More disgust, like.'

I think the lads might have gone too far then. But Geronimo's mum (she looked very like him) put her hand on Fred's arm and asked him to take her home. And when Fred went we all followed; though a few fingers went up in the air behind backs.

Maniac and Carpet and me tried going on riding together. But it didn't work out. Whenever we rode together, there was a sort of terrible hole formed, where Geronimo should be. Maniac went off and joined the Merchant Navy[76], 'cos he couldn't stand this town any more. He still sends Carpet and me postcards from Bahrain and Abu Dhabi (clean ones too!) . And we put them on the mantelpiece and forget them.

Carpet and I went on riding; even bought bigger bikes. I still see him sometimes, but we never stop for more than two minutes' chat.

But when I ride alone, that's different. You see you can't hear very much inside your helmet, when your engine's running. And the helmet cuts down your view to the side as well. So when we need to talk to each other on the move, we have to pull alongside and yell and yell. And when you first notice a guy doing that, it often comes over funny. Well, I keep thinking I hear him; that he's just lurking out of the corner of my eye. I just know he's somewhere about;

76　**Merchant Navy**「商船の船員」

you *can't* kill someone like Geronimo.

I got engaged last week. Jane's good lass, but she made one condition. That I sell my bike and buy a car. She says she wants me to live to be a grandfather. And when my mum heard her say it, she suddenly looked ten years younger.

So I'm taking this last ride to the abbey in the moonlight, and I've just passed Sparwick's chippie. And the moon is making one side of the trees silver, and I'm *going* somewhere. Only I'm not going with Geronimo; I'm getting further away from Geronimo all the time. Nearer to the old grannies with their hair in curlers coming out of the chippie clutching their hot greasy bundles. The middle-aged guys staring in the telly-shop windows.

And I'm not sure I like it.

年譜・参考文献

Robert Westall

西暦年	年齢	事項
1925		母方の祖父トーマス・ジョージ・レゲット死
1926		父ロバート・ウェストールと母マギー・レゲット結婚
1929	0	10月7日 ロバート＆マギー夫妻の第1子としてノーサンバーランド州タインサイドのノース・シールド牧師館通り7番地で誕生
1934	4 5	ボークウェル・グリーン18番地に引っ越し コリングウッド幼児学校入学
1937	8	チャートン・ジュニア・スクール入学
1939	9	第二次世界大戦勃発（-45)
1940	11	最初の空爆を体験
1941	11	5月3日 ノース・シールド空爆を受け死亡者107名、祖父母が家を失う 9月 タインマス・ハイスクール進学
1945	16	父方の祖父ロバート・ダッド・ウェストール死　母方の祖母エレン・エリザベス死
1947	18	タインマス高校の雑誌に素描「港の風景」発表
1948	19	タインマス高校の雑誌に詩「プロログ」発表 ダラム大学キングズ・カレッジ入学
1949	20	タインマス高校の雑誌に、短篇「オタバーンへの三本の道」発表
1953	24	キングス・カレッジ首席卒業。ヘンリー・ムアより2年間の奨学金を認められる。
1953-55	24-26	兵務に服す。通信隊（SC）としてスエズ運河地帯にて駐屯
1955-57	26	ロンドン大学スレード校入学（-57) 美術専攻で学位PG取得
1956	27	同上在学中にソ連のハンガリー侵攻に抗議するデモに参加 その体験記が Newcastle Journal に掲載され、はじめて原稿料をえる。 5月 絵の個展を開催（ニューカッスル）
1958	28	7月26日 ジーン・アンダーヒルと結婚
1960	30	5月 一人息子クリストファー誕生 9月 チェシャー州にあるサー・ジョン・ディーンズ校に美術教師として赴任（85年退職）
1963	33	地方紙に記事を書きはじめる
1965	35	6月 妻ジーンと個展
1971	42	息子12歳時に自分の12歳の体験を執筆
1975	46	上記を『"機関銃要塞"の少年たち』として出版　（カーネギー賞受賞）
1976	47	『風の日』出版

西暦年	年齢	事　項
1977	48	『見張り小屋』出版
1978	49	息子クリストファー オートバイ事故死 『路上の悪魔』出版
1979	50	『水深10メートル』出版
1981	52	『かかし』出版（カーネギー賞受賞）
1982	53	短編集『闇を引き裂く』出版
1983	54	『未来街道5』、短編集『「チャス・マッギルの幽霊」とその他短編』出版
1985	55	両親があいついで亡くなる サー・ジョン・ディーンズ校退職　作家活動に専念 戦時下の記録をあつめた『空爆下の子どもたち』編集執筆出版
1986	56	「自伝」を発表
1987	57	妻ジーンと破局、リンディ・マックネルとチェシャー州リムで同居
1989	60	『猫の帰還』出版（スマーティーズ賞受賞）、短編集『骨董のほこり』出版
1990	61	『海辺の王国』出版（ガーディアン賞受賞） ジーン自死
1991	62	『禁じられた約束』、『クリスマスの猫』出版
1992	63	『弟の戦争』、『クリスマスの幽霊』出版
1993	63	4月15日肺炎によりチャシャー州ウォリントンの病院で死亡
1993		『青春のオフサイド』、『わたしの居場所』出版
1994		生家にフルー・プラークがつけられる 『砲火のとき』出版
1993-94		『ロバート・ウェストール短篇傑作集』2巻アメリカで出版　1994-95イギリスで出版
1995		『ナイト メア』出版
1996		『収穫の季節』出版
1997		短編集『ラブ・マッチ』、『風のなかの声』出版
2005		ニューカッスルにセブン・ストーリーズ開館、ロバート・ウェストール・ギャラリーができる。
2007		リンディ・マックネル編『ぼくを作ってくれたもの：作家の子ども時代』出版

（★10月7日生まれのため、月日が不明のものは、年齢が一歳上に記載されている可能性がある）

【1】作品

The Mahcine Gunners. London: Macmillan, 1975.（越智道雄訳、『"機関銃要塞"の少年たち』評論社、1981）

The Wind Eye. London: Macmillan, 1976.

The Watch House. London: Macmillan, 1977.

The Devil on the Road. London: Macmillan, 1978.

Fathom Five. London: Macmillan, 1979.

The Scarecrows. London: Chatto & Windus, 1981.（金原瑞人訳『かかし』徳間書店、1987）

Break of Dark. London: Chatto & Windus, 1982

　*Hitch-hiker

　Blackham's Wimpy（金原瑞人訳、「ブラッカムの爆撃機」『ブラッカムの爆撃機』福武書店、1990, 金原瑞人訳、宮崎駿編「ブラッカムの爆撃機」『ブラッカムの爆撃機　チャス・マッギルの幽霊　ぼくを作ったもの　タインマスへの旅』岩波書店、2006）

　Fred, Alice and Aunty Lou

　St Austin Friars

　Sergeant Nice

The Haunting of Chas McGill and Other Stories.. London: Macmilan, 1983

　The Haunting of Chas Mcgill（初出：*Ghost After Ghost*（ed.Aidan Chambers）Kestrel, 1982）（金原瑞人訳、「チャス・マッギルの幽霊」『ブラッカムの爆撃機』福武書店、1990, 金原瑞人訳、宮崎駿編「チャス・マッギルの幽霊」『ブラッカムの爆撃機　チャス・マッギルの幽霊　ぼくを作ったもの　タインマスへの旅』岩波書店、2006）

　Almost a Ghost Story

　The Vacancy

　The Night Out（初出：*Love You, Hate You, Just Don't Know,* Selected by Josie Karavasil Evans Bros, 1980）

　The Creatures in the House（初出：*You Can't Keep Out the Darkness,* Ed. by Peggy Woodford. Bodley Head, 1980）

　Sea-coal（初出：*School's O.K,* Selected by Josie Karavasil Evans Bros, 1982）

　The Dracula Tour.

　A Walk on the Wild Side

Futuretrack Five, Hamondswoth. Middlesex: Kestrel, 1983.

The Cats of Seroster. London: Macmillan, 1984.

Rachel and the Angel and Other Stories. London: Macmillan, 1986.

   *Urn Burial（初出：Out of Time. Ed. by Aidan Chambers The Bodley Head, 1984）

   *Peckforton Hill（初出：Spook. Ed. by Bryan Newton Collins Educational, 1985）

   *The Death of Wizards

   *The Big Rock Candy Mountain（初出：Imaginary Lands. ed. by Robin McKinley. NY: Greenwillow, 1985）

   *Rachel and the Angel

   *A Nose Against the Glass

The Witness. London: Macmillan Educational（R&D Series, Level 4）, 1986

Urn Burial. London: Viking Krestral, 1987.

Ghosts and Journeys. London: Macmillan, 1988.

   *The Boys' Toilets（初出：Cold Feet Ed. by Jean Richardson Hodder & Stoughton, 1985）

   *The Bus

   *The Borgia Mirror

   *The Girl Who Couldn't Say No

   *Rosalie.（単行本 "R&D" Series, Level 3, Macmillan Educational, 1988）

   *Journey

The Creature in the Dark, illustrated by Liz Roberts. London: Blackie, 1988.

Ghost Abbey. London: Macmillan, 1988.

Antique Dust: Ghost Stories. London: Viking, 1989.

   *The Devil and Clocky Watson

   *The Doll

   *The Last Day of Miss Dorinda Molyneaux.

   *The Dumbledore

   *The Woolworth Spectacles

   *Portland Bill

   *The Ugly House

Blizcat. London: Macmillan, 1989.（坂崎麻子訳『猫の帰還』 徳間書店、1998）

Old Man on a Horse. London: Blackie, 1989.

A Walk on the Wild Side. London: Methuen, 1989

　*Buttons

　*The Creatures in the House（再録：*The Haunting of Chas McGill and Other Stories*, Macmillan, 1982）

　*The Naming of Cats

　*East Doddingham Dinah

　*A Walk on the Wild Side（再録：*The Haunting of Chas McGill and Other Stories*, Macmillan, 1982）

　*Goliath

　*The Cat, Spartan

Echoes of War. London: Viking Kestrel, 1989.

　*Adolf

　*Gifts from the Sea

　*After the Funeral

　*Zakky

　*The Making of Me.

The Call and Other Stories. London: Viking Kestrel, 1989.

　*Woman and Home

　*Uncle Otto at Denswick Park

　*Warren, Sharon and Darren

　*The Badger

　*The Call

　*The Red House Clock

The Kingdom by the Sea. London: Methuen, 1990.（坂崎麻子訳『海辺の王国』徳間書店、1994）

Stormsearch. London: Blackie, 1990.

If Cats Could Fly . . . ?. London: Methuen, 1990

The Promise. New York: Scholastic, 1991.（野沢佳織訳『禁じられた約束』徳間書店、2005）

The Christmas Cat. London: Methuen, 1991.（坂崎麻子訳『クリスマスの猫』徳間書店、1994）

The Stones of Muncaster Cathedral. London : Viking, 1991.

*The Stones of Muncaster Cathedral

*Brangwyn Gardens

Yaxley's Cat. London: Macmillan, 1991.

The Christmas Ghost. London: Methuen, 1992.（坂崎麻子・光野多恵子訳『クリスマスの幽霊』徳間書店、2005）

The Fearful Lovers. London: Macmillan, 1992.（In Camera and Other Stories. New York: Scholastic, 1992）

*In Camera

*Beelzebub

*Blind Bill

*Charlie Ferber

*Henry Marlborough

Gulf. London: Methuen, 1992.（原田勝訳『弟の戦争』徳間書店、1995）

Size Twelve, illustrated by Mark Robertson. London: Heinemann, 1993.

A Place for Me. London: Macmillan, 1993.

Falling into Glory. London: Methuren, 1993.（小野寺健訳『青春のオフサイド』徳間書店、2005）

The Wheatstone Pond. London: Viking, 1993.

※没後出版
A Time of Fire. London: Macmillan, 1994.

Blitz, illustrated by David Frankland. London: Collins, 1995.（First published by Collins Audio, 1994）

*The Ruined City of Kor

*The Thing Upstairs

*Operation Cromwell

*Rosie

The Best of Robert Westall, Vol.1. London: Macmillan 1994.（New York: Farrar, Status & Giroux, 1993. As Demons and Shadows; The Ghostly Best Stories of Robert Westall）

*Rachel and the Angel

*Graveyard Shift

*A Walk on the Wild Side

*The Making of Me

*The Night Out

*The Woolworth Spectacles

*A Nose Against the Glass

*Gifts from the Sea

*The Creatures in the House

*The Death of Wizards

*The Last Day of Miss Dorinda Molyneaux

The Best of Robert Westall, Vol.2. .London: Macmillan, 1995.（New York: Farrar, Straus & Giroux. 1994. As Shades of Darkness; More of the Ghostly Best Stories of Robert Westall（アメリカ版には、'Portland Bill' と 'The Bus' がなく 'The Red House Clock' と 'The Call' が入っている））

*Woman and Home

*St Austin Friars

*The Haunting of Chas McGill

*In Camera

*Fifty-fafty（初出：Hidden Turnings Ed. by Diana Wynne Jones, Methuen, 1989）

*The Cats

*The Boys' Toilets

*Portland Bill

*The Bus

*The Cat, Spartan

*Blackhams Wimpy

The Night Mare. London: Methuen, 1995.

Christmas Spirit. London: Mammoth, 1995.

*The Christmas Cat（初出：1991 Methuen）

*The Christmas Ghost（初出：1992 Methuen）

Harvest. London: London: Methuen, 1996.

Blizzard. London: London: Methuen, 1996.

*Chapel Farm

*Blizzard

Love Match. London: Methuen, 1997.

　*Love Match

　*The Concert

　*Lulworth Cove

　*The Women's Hour（初出： In Between. Ed. by Miriam Hodgson, Methuen Children's Books 1994）

　*Claudine（初出： Heart to Heart : Ten Love Stories. Ed. by Miriam Hodgson, Mammoth 1996）

　*Fatty France

　*First Death

Voices in the Wind. London: Macmillan, 1997.

　*The Shepherd's Room

　*The German Ghost

　*Cathedral

　*The Bottle

　*The Return

　*Aunt Florrie（初出：1992）

　*The Beach（初出： Dread & Delight, Ed. by Phillippa Pearce Oxford University Press, 1995）

　*Daddy-Long-Legs（1994）

　*The Trap（初出： On the Edge, Ed. by Aidan Chambers. Macmillan Children's Book 1990）

　*The White Cat（初出： No More School, Ed. by Valerie Bierman. Methuen Children's Book 1991）

【2】絵本

The Witness, A Christmas Story, illustrated by Sophy Williams. London: Macmillan.（初出： Macmillan Educational, 1986）

David and the Kittens, illustrated by William Geldart. London: Hodder, 2003（初出： Cats Whispers and Tales, Macmillan 1996）

【3】自伝、エッセイ

'How Real Do You Want Your Realism?'. Signal 28 (Jan., 1979)

'*Something About the Author*' *an Autobiographical Series*. vol.2 p.305-323 : Michigan: Gale Research, 1986.

The Making of Me: A Writer's Childhood. Compiled and edited by Lindy Mckinnel London; Catnip 2006.（全22章の内2章、「島」「油まみれの魔法使い」（光野多恵子訳『クリスマスの幽霊』徳間書店、2005）

'Authorbank Questionnaire' (c 1985)

【4】編集もの

■体験記の編著
Children of the Blitz: Memories of Wartime Childhood. London: Viking, 1985.

■アンソロジーの編集者
Ghost Stories. Compiled by Robert Westall/ Penguin, 1988. London: Viking Krestral, 1989. (*Spinetinglers: Ghoulish Ghost Stories*. London: Kingfisher, 1991.)（自作は *The Boys' Toilets* を選んでいる）

Cats' Whispers and Tales, A Treasury of Stories and Poems. Selected by Robert Westall, illustrated by Kate Aldous. London: Macmillan, 1996.（以下はWestall作品）

　**Cats and Psi-trailing*

　**David and the Kittens*

　**Summer in Cambridge*

　*Secret Lives

　**Tragedy for Three Actors*

　**East Doddingham Dinah*.

■アンソロジーに入っているその他作品
"Hetero, Homo, Bi or Nothing" *Is Anyone There?* Ed, by Monica Dickens & Rosemary Sutcliff Puffin Plus, 1978.

'Wind- Cat' (詩) *Snake on the Bus and Other Pet Stories* Ed, by Valerie Bierman. Methuen Children's Books, 1994.

【5】参考文献

Green Andrew: *Haunted Houses*.

Aylesbury: Shire Publications, 1975

"Authorgraph" *No.18. Books for Keeps* 18, Jan. 1983

Gradam, Frank : *Holy Island a short history & guide*. Butler, 1987.

Lindisfarne Priory and Holy Island. London: English Heritage, 1988.

Times Educational Supplement, Sept.11, 1992:9

Something about the Author, Vol. 69. Gale Research, 1992.

Tynemouth Priory and Castle. London: English Heritage, 1993.

Hollindale, Peter. "Westall's Kingdom." *Children's Literature in Education* 25 (3), 1994: 147-57

Pearce, Phillippa, ed.: *Dread and Delight: A Century of Children's Ghost Stories*. Oxford University Press, 1995.

三宅興子「なぜ、読まれているのか　アン・ファインとロバート・ウェストール」『英語青年』143 (1), 1997:26-28

Mckinnel, Lindy: *The Extraordinary Life of Robert Westall (1928-1993) : A short biography of the award-winning writer*. Northwich & District Heritage Society, 2004.（野沢香織訳「ロバート・ウェストールの生涯」『ブラッカムの爆撃機』（岩波書店 2006）p.209-222）

Lathey, Gillian. "Comparative and Psychoanalytic Approaches: Personal History and Collective Memory" p.74-88, Kimberly Reynolds, ed.: *Modern Children's Literature: an Introduction*. Palgrave, 2005

"Robert Westall's Northern Kingdom." North Tyneside Libraries, May 1996

Contemporary Authors (New Revision Series). Vol.68

村瀬学『13歳論』（洋泉社、1999）

宮崎駿「タインマスへの旅（前編）（後編）」『ブラッカムの爆撃機』（岩波書店、2006）p.5-20, 201-208）

■戦争および戦争児童文学に関するもの

Cumings, Bruce: *War and Television*. London: Verso, 1992.（渡辺将人訳『戦争とテレビ』みすず書房 2004）

Hunt, Caroline C. "U.S. Children's Books about the World War II Period: From Isolationism to Internationalism, 1940-1990." *The Lion and the Unicorn* 18, 1994: 190-208

Brown, Mike: *A Child's War Growing Up on the Home Front 1939-45*. Stroud: Sutton Publishing, 2000.

Agnew, Kate & Geoff Fox: *Children at War from the First World War to the Gulf*. London: Continuum, 2001.

The War Illustrated. vol.1 the Amalgamated Press, 1940.

索　引

● あ ●

アトリー, アリソン ……………………………… 86
アンダーヒル, ジーン …………………………… 23
ウィーストン池 …………………………………… 57
ウィリアムズ, ソフィー ………………………… 55
ウェストール, クリストファー …………… 23, 38
ウェストール, ジーン ……………………… 38, 52
ウェストール, ボブ ……………………………… 6
ウェストール, ロバート・アトキンソン ……… 5
ウェストール, ロバート・ダッド ……………… 5
ウォルシュ, ジル・ペイトン …………………… 40
ウッドファド, クリストファー ………………… 86
『海辺の王国』 ………………………… 33, 59, 72, 96
エイキン, ジョーン ……………………………… 86
『大足のネコ』 ……………………………… 55, 89
「オタバーンへの三本の道」 …………………… 20
『弟の戦争』 ……………………… 53, 59, 78, 83, 89, 90
「女と家」 ………………………………………… 91

● か ●

ガーナー, アラン ………………………………… 40
カーネギー賞 …………………………………… 29, 44
ガーフィールド, レオン ………………………… 86
『かかし』 ………………………………………… 44, 88
『風のなかの声』 ………………………………… 62
『風の目』 ………………………………………… 32
『"機関銃要塞"の少年たち』
　　　　　　　　　　　　　　　…… 24, 27, 70, 77, 90
『禁じられた約束』 ……………………………… 56, 88
『空爆下の子どもたち
　　——戦中の子ども時代の記録集』 … 13, 53, 85
『くらやみにいるいきもの』 …………………… 54
『クリスマスの猫』 ……………………………… 54
『クリスマスの幽霊』 …………………………… 9
ゲルタート, ウィリアム ………………………… 55
『皇帝の経かたびら』 …………………………… 40
『ゴースト・ストーリーズ』 …………………… 90
『骨董のほこり』 ………………………………… 56, 90
骨董屋 …………………………………………… 52, 57
『恐くておもしろい』 …………………………… 86, 90

● さ ●

サー・ジョン・ディーンズ・グラマー・スクール
　　　　　　　　　　　　　　　……………… 23, 52
サイコ・ホラー …………………………………… 88
ジェイムズ, M.R. ………………………………… 86
「自伝」 …………………………………………… 4
地縛霊 …………………………………………… 92
『収穫の季節』 …………………………………… 62
『13歳論』 ………………………………………… 45
『水深10メートル』 ……………………………… 40
『青春のオフサイド』 …………………………… 56
『セレスターの猫』 ……………………………… 49, 89
戦争児童文学 …………………………………… 68, 84
『戦争のこだま』 ………………………………… 8

● た ●

タイン川 ………………………………………… 41
タインサイド ……………………………………… 4
タインマス ……………………………………… 4, 34
タインマス・ハイスクール ……………………… 15
ダラム大学 ……………………………………… 20
「男子トイレ」 …………………………………… 12
短編集 …………………………………………… 46, 90
「『チャス・マッギルの幽霊』とその他短編」 … 46
「チャス・マッギルの幽霊」 …………………… 48
超常現象 ………………………………………… 89
「デイビッドとネコたち」 ……………………… 55
デニー, ダイ …………………………………… 26, 44
『天路歴程』 ……………………………………… 60
「ドラキュラへの旅」 …………………………… 48

● な ●

『ナイト メア』 …………………………………… 9
「人形」 …………………………………………… 56
ネコ ……………………………… 39, 45, 55, 58, 89
「猫スパルタン」 ………………………………… 91
『猫の帰還』 ……………………………………… 58, 89
『ネコのないしょ話集』 ………………………… 55

索 引

● は ●

『馬上の老人』 54
「バス」 91
バニヤン 60
ピアス, フィリッパ 86
比喩 36
「フィフティ・ハフティ」 10
「ブラッカムの爆撃機」 47, 90
『ブリジンガメンの魔法の宝石』 40
『ペパーミント・ピッグのジョニー』 29
『砲火のとき』 59
ボーデン, ニーナ 29
ポートランド・ビル 56
ホーリー・アイランド 33, 74, 97
牧師館通り7番地 7
『僕をつくったもの―ある作家の子ども時代』 7
ホジキン, マーニ 26, 32, 44, 49
ホリンデイル, ピーター 64

● ま ●

マックネル, リンディ 52, 61
『見張り小屋』 34, 71, 87
『未来街道5』 49
ムア, ヘンリー 21, 58
村瀬学 45
メア, デ・ラ・ 86
『目撃者：クリスマスのお話』 55
『もし, ネコが空を飛べたら…』 54

● や ●

『ヤックスレイの猫』 89
『闇を引き裂く』 46
幽霊 35, 86
『幽霊と旅』 90
幽霊物語 12, 49, 71, 86, 89
幽霊物語百年集 86
「夜あそび」 107

● ら ●

リアリズム 39
「レイチェルと天使」 91
レゲット, マーガレット・アレクサンダー 6
『路上の悪魔』 38, 89
ロス, トニー 54
『ロバート・ウェストール短編傑作集』 46
ローレンス, ジョン 55
ロンドン大学スレード校 21

● わ ●

『わたしの居場所』 57
湾岸戦争 83

141

■ あとがき ■

　日本イギリス児童文学会が企画・編集にあたった「現代英米児童文学評伝叢書」で、唯一、未刊であった本書を刊行できる運びとなり、編者として、最初から深くかかわってきただけに、叢書の完結は感無量です。編者の谷本誠剛先生が2005年にお亡くなりになり、揃ったものをみていただけなかったことは痛恨です。

　思い出せば、最初に読んだウェストール作品は、1977年、パッフィン文庫の*The Machine-Gunners*で、地方語と階級語という二重の困難さに、参りながらも読破した喜びはひとしおでした。いままでに読んだことのないパワーを感じた作品で、やっと、イギリスでも、本物の戦争児童文学が出たという感慨がありました。その後、多くの作品が加速して出版され、読むのが追いつかなりましたが、90年の『海辺の王国』で作家としての成熟にふれて、読み損ねていた作品を、再び、集めだしたのです。

　梅花女子大学のゼミや、いろんな読書会でも大いに論議をしました。議論好きの作者でしたから、喜んでくれているだろうと、知り合いのお兄さんのような感じになってきました。ウェストール流にいうと、ぐっと、つかまれてしまったのです。本書が、彼の作品に「つかまれる」契機になってくれればと願っています。

　著作目録では、短編のリスト・アップに苦労しました。短編作家としての評価を期待して、その基礎資料をつくったつもりです。

　資料を惜しげなく見せてくださったノース・タインサイド図書館Eric Hollertonさん、作品の舞台まで車を出してくださったShizuko Hickmannさん、面倒なリストづくりをやってくださった山本二三子さんには、大変お世話になりました。

　最後に、この叢書全体の編集事務をやってくださった山本直子さんに心からのお礼を申しあげます。長い年月にわたる山本さんの忍耐と寛容がなければ、この叢書は出来なかったことでしょう。

2008年　夏　三宅興子

■著者紹介■　三宅 興子（みやけおきこ）

梅花女子大学名誉教授

著書：『イギリス児童文学論』（翰林書房）
　　　『イギリス絵本論』（翰林書房）
　　　『もうひとつのイギリス児童文学史』（翰林書房）
　　　『イギリスの絵本の歴史』（岩崎美術社）
編著：『フィリッパ・ピアス』（現代英米児童文学評伝叢書10）ほか

■現代英米児童文学評伝叢書11■

ロバート・ウェストール

2008年11月11日　初版発行

● 著　者 ●
三宅興子

● 編　者 ●
谷本誠剛・原　昌・三宅興子・吉田新一

● 発行人 ●
前田哲次

● 発行所 ●
KTC中央出版

〒111-0051
台東区蔵前2丁目14-14
TEL03-6699-1064

● 印刷 ●
凸版印刷株式会社

©Miyake Okiko
Printed in Japan　ISBN978-4-87758-273-9　C1398
乱丁、落丁本はお取り替えいたします。

刊行のことば

　日本イギリス児童文学会創設30周年にあたり、その記念事業の一つとして同学会編「現代英米児童文学評伝叢書」12巻を刊行することになりました。周知の通り英米児童文学はこれまで世界の児童文学の先導役を務めてきました。20世紀から現在まで活躍した作家たちのなかから、カナダを含め12人を精選し、ここにその＜人と生涯＞を明らかにし、作品小論を加え、原文の香りにも触れうるようにしました。
　これまでにこの種の類書はなく、はじめての英米児童文学の主要作家の評伝であり、児童文学を愛好するものにとって児童文学への関心がいっそう深まるよう、また研究を進めるものにとって基礎文献となるように編集されています。

　日本イギリス児童文学会
　　編集委員／谷本誠剛　　原　昌　　三宅興子　　吉田新一

◆現代英米児童文学評伝叢書◆

1	ローラ・インガルス・ワイルダー	磯部孝子
2	L.M. モンゴメリ	桂　宥子
3	エリナー・ファージョン	白井澄子
4	A.A. ミルン	谷本誠剛　笹田裕子
5	アーサー・ランサム	松下宏子
6	アリソン・アトリー	佐久間良子
7	J.R.R. トールキン	水井雅子
8	パメラ・L. トラヴァース	森　恵子
9	ロアルド・ダール	富田泰子
10	フィリッパ・ピアス	ピアス研究会
11	ロバート・ウェストール	三宅興子
12	E.L. カニグズバーグ	横田順子